Ida Simons
Vor Mitternacht

Ida Simons

Vor Mitternacht

Roman

Aus dem Niederländischen
von Marlene Müller-Haas

Luchterhand

Die niederländische Originalausgabe erschien 2014
unter dem Titel »Een dwaze maagd« bei Uitgeverij Cossee BV, Amsterdam

Die Übersetzung wurde vom Nederlands Letterenfonds unterstützt.
Der Verlag bedankt sich herzlich dafür.

Der Verlag weist ausdrücklich darauf hin, dass im Text enthaltene externe Links vom Verlag nur bis zum Zeitpunkt der Buchveröffentlichung eingesehen werden konnten. Auf spätere Veränderungen hat der Verlag keinen Einfluss. Eine Haftung des Verlags ist daher ausgeschlossen.

Verlagsgruppe Random House FSC® N001967

1. Auflage
Copyright © 2014 by Erben Ida Simons
Copyright © der deutschen Ausgabe 2016 by Luchterhand Literaturverlag
in der Verlagsgruppe Random House GmbH
Neumarkter Str. 28, 81673 München
Umschlaggestaltung: buxdesign | München
unter Verwendung eines Gemäldes von
© Valentin Serov, Mädchen mit Pfirsichen, 1887
Satz: Greiner & Reichel, Köln
Druck und Einband: GGP Media GmbH, Pößneck
Alle Rechte vorbehalten.
Printed in Germany
ISBN 978-3-630-87507-1

www.luchterhand-literaturverlag.de
www.facebook.com/luchterhandverlag
www.twitter.com/luchterhandlit

Für Corry Le Poole-Bauer

»Jeder ist imstande, einen Verzweifelten im letzten Moment zurückzuhalten. Man muss ihm im richtigen Augenblick eine Tasse Kaffee anbieten oder einen Schnaps oder man muss ihm sagen, dass er als Leiche unappetitlich oder dumm aussehen wird. Hauptsache, man entzieht sich dieser kleinen Verpflichtung nicht: Man muss den Kaffee oder den Schnaps gewissermaßen in seinem Herzen bereithalten.«

MARNIX GIJSEN, DE MAN VAN OVERMORGEN

Aus dem Bücherschrank meiner Mutter
von Eva Cossée

Während der deutschen Besetzung der Niederlande musste meine Mutter ihr Studium abbrechen, da sie den Ariernachweis nicht unterschreiben wollte. In Kirchenkreisen lernte sie meinen Vater kennen und unterstützte ihn bei seinen Widerstandsaktionen. Nach dem Krieg kümmerte sie sich um ihre drei Kinder, unterrichtete, lernte sieben Sprachen und las (beinahe) alles. Bevorzugt Bücher von eigensinnigen, unabhängigen Frauen. Ida Simons war so eine Frau. Deren Roman *Vor Mitternacht* gab mir meine Mutter zu lesen, als ich vierzehn oder fünfzehn Jahre alt war, und ich dachte damals: um mich zum Klavierspielen zu ermuntern wie Gittel, die das in dem Buch mit Leidenschaft und Hingabe tut.

Viele Jahre später, nach dem Tod meiner Mutter, fiel mir der Roman beim Ausräumen des elterlichen Hauses wieder in die Hände. Ich steckte das Buch ein, und beim Wiederlesen verstand ich auf einmal, warum meine Mutter mir den Roman damals so ans Herz gelegt hatte. Ich musste als junges Mädchen offenbar genauso arglos und vertrauensselig gewesen sein wie Gittel. Ida Simons beschreibt in *Vor Mitternacht* eindrücklich, wohin Gutgläubigkeit führt, und dass es schon in der eigenen Familie sinnvoll sein kann, Unterschiede zu machen: Wem kann man trauen und wem nicht?

Bei der erneuten Lektüre sah ich zudem auf den ersten Seiten, warum der Roman schon kurz nach Erscheinen 1959 ein Bestseller geworden und von der Kritik auf eine Stufe mit dem Werk von Harry Mulisch und anderen Berühmtheiten gestellt worden war. Der musikalische Ton, die stilistische Leichtigkeit, der Witz und das lebendige Porträt der schillernden jüdischen Gemeinschaft der zwanziger Jahre, die unwiderruflich der Vergangenheit angehört, fesseln von der ersten Seite an stets wieder aufs Neue.

Ida Simons wurde 1911 als Ida Rosenheimer in Antwerpen (Belgien) geboren, acht Jahre vor meiner Mutter. Bei den Rosenheimers zu Hause wurde Deutsch, Englisch und Jiddisch gesprochen. Bei Ausbruch des Ersten Weltkriegs zog die Familie nach Scheveningen (Den Haag), nahm die niederländische Staatsbürgerschaft an und wohnte ganz in der Nähe meines Elternhauses. Ida Simons blieb dort bis zu ihrem Tode. Sie heiratete den Juristen David Simons und machte bald als gefeierte Konzertpianistin international Karriere.

Ab 1941 verboten die deutschen Besatzer jüdischen Künstlern jedes öffentliche Auftreten. Ida Simons konnte nur noch zu Hause oder bei Freunden musizieren. Da meine Eltern geheime Hauskonzerte veranstalteten, damit die Künstler noch etwas verdienen konnten, ist es denkbar, dass Ida Simons bei uns am Flügel gesessen hat. Leider kann ich dazu niemanden mehr befragen.

1943 wurden die Simons mit ihrem Sohn Jan in das Durchgangslager Westerbork deportiert, ein Jahr später mit dem vorletzten Transport nach Theresienstadt geschafft. Dort wurde ihnen am 5. Februar 1945 befohlen, sich reisefertig zu machen. In einem Personenzug ging es quer durch das platt bombardierte Deutschland zur Schweizer Grenze. Die Reisenden mussten den Judenstern abnehmen, die Männer erhielten Rasierzeug, die Frauen sollten sich schminken. Ida Simons nannte dies »das große Wunder«. Heute wissen wir, dass das Ganze eine einmalige Aktion Himmlers war, der Tausch von Juden gegen Kriegsmaterial. Als Hitler davon erfuhr, verbot er jede weitere Tauschaktion.

Nach dem Krieg versuchte Ida Simons, ihre Kariere als Konzertpianistin fortzusetzen. Die Zeit in den Lagern hatte ihre Gesundheit jedoch so stark angegriffen, dass sie nach einer Tournee durch die Vereinigten Staaten aufgeben musste. Zurück in Scheveningen begann sie zu schreiben und wurde mit *Vor Mitternacht* über Nacht als Schriftstellerin berühmt.

Das Buch wurde überall hymnisch besprochen und zu einem der drei besten Bücher des Jahres gewählt. Simons arbeitete bereits an der Fortsetzung, einem Roman mit Gittel als erwachsener Frau, als sie 1960 plötzlich und überraschend starb. Der Roman *Wie Wasser in der Wüste* erschien postum und fand ebenfalls den Weg in den Bücherschrank meiner Mutter.

Vor Mitternacht wird fünfundfünfzig Jahre später wiederentdeckt und trifft erneut auf begeisterte Leser, die die Autorin vor allem wegen ihres ganz eigenen Tons und ihres leisen Humors ins Herz schließen. Das Buch ist inzwischen in über zwanzig Sprachen übersetzt. Meine Mutter, die auch Religionsunterricht gab, hätte – augenzwinkernd – darin vielleicht einen himmlischen Fingerzeig gesehen. Für mich ist der Roman ein ganz besonderes Erbe. Schade nur, dass weder Ida Simons noch meine Mutter den Welterfolg von *Vor Mitternacht* miterleben konnten.

Eva Cossée (Den Haag, 1954) ist Verlegerin des gleichnamigen niederländischen Verlags, in dem namhafte Autoren wie J. M. Coetzee, David Grossman, Gerbrand Bakker, Zeruya Shalev, Bernhard Schlink und Hans Fallada erscheinen. Daneben ist sie als Journalistin und Dozentin für Buchwissenschaft tätig.

I

Schon von klein auf hörte ich meinen Vater fast täglich verkünden, er habe der Menschheit ernsthaften Schaden zugefügt, weil er nicht Bestattungsunternehmer geworden sei. Andernfalls, davon war er fest überzeugt, hätte die Bevölkerung unseres Planeten schon nach kürzester Zeit nur noch aus Unsterblichen bestanden. Er war ein Schlemihl*, und er wusste das selbst nur allzu gut; oft spöttelte er gallebitter darüber. An Werktagen war das nicht weiter schlimm, doch an Sonn- und Feiertagen reichte eine einfache Bemerkung wie die über das Bestattungswesen, um einen heftigen Streit zwischen meinen Eltern vom Zaun zu brechen. Sonn- und feiertags zankten sich meine Eltern in einem fort.

Obwohl sie für gewöhnlich recht gut miteinander auskamen, häuften sich die Streitereien doch erheblich, weil wir als Juden mit dem doppelten Satz Feiertage ge-

---

Die mit * gekennzeichneten Begriffe werden im Glossar am Ende des Buches erklärt.

segnet sind. Deshalb war es für mich auch von allergrößter Bedeutung, möglichst frühzeitig herauszufinden, auf welche Tage unsere jüdischen Feste im neuen Jahr fallen würden. Sobald ich lesen konnte, suchte ich sie schon im Dezember heraus, gleich wenn der neue Kalender gedruckt war.

Schrecklich oft lagen unsere Feiertage kurz vor oder kurz nach denen der übrigen Menschheit, und sie lasteten mir dann schon im Voraus wie Steine auf der Seele. Denn war mein Vater vier Tage am Stück zu Hause, kam unausweichlich irgendwann die Rede auf Onkel Salomon und Kapitän Frans Banning Cocq.

Was auch immer der Anlass für diese Wortwechsel gewesen sein mochte und ganz unabhängig davon, wie sie verliefen, es kam immer der Augenblick, wo sich meine Eltern darüber einig waren, dass sie Onkel Salomon und den berüchtigten Kapitän von ganzem Herzen verwünschten.

Geschah das mit mehr als der üblichen Heftigkeit, zog meine Mutter mit mir wieder in ihr Elternhaus zurück. Das war für mich ein eher mäßiges Vergnügen, bis zu jenem Tag, als ich die Mardells kennenlernte. Danach wurde der allwöchentliche Streit meiner Eltern für mich zu einer spannenden Lotterie. Wenn er sich zu einem richtigen Krach auswuchs, ohne Aussicht auf baldige Versöhnung, hatte ich das große Los gezogen: Es ging wieder nach Antwerpen! Aber auch diese Lotterie hatte mehr Nieten als Treffer. Meist ebbten die Wogen schnell wieder ab, und der Streit verlief im Sande – und mir blieb nur zu hoffen, an einem der nächsten Feiertage mehr Glück zu haben.

Bevor Onkel Salomon und der Kapitän sich so unheilvoll in sein Leben eingemischt hatten, hatte mein Vater ein paar glückliche Jahre in Antwerpen verbracht. Er sprach davon wie von einem verlorenen Paradies, in dem er sich die Zeit mit Reiten, Fechten und Opernbesuchen vertrieben hatte; diese schönen Erinnerungen stimmten nicht ganz mit der Wirklichkeit überein, wo er täglich zehn Stunden einer Arbeit nachgehen musste, zu der ihm jede Neigung und Begabung fehlten. Er wäre gern Geiger geworden, aber seine Eltern fanden ein Musikerleben für den Sohn einer Familie, die sich selbst für hochnobel hielt, nicht vornehm genug. Also blieb nur der Handel. Er musste Kaufmann werden und wurde zu einem befreundeten Fabrikanten in die Lehre gegeben. Dass er für das Geschäftsleben völlig untauglich war, wurde dort nicht bemerkt oder, vielleicht aus Höflichkeit den Eltern gegenüber, nicht zur Sprache gebracht. Wie es ihn nach Antwerpen verschlagen hat, hat er nie erzählt – wohl aber, dass er sich auf der Stelle in die Stadt verliebt und beschlossen hatte, dort zu bleiben. Er fand Gefallen an den angenehmen Zerstreuungen, die die Stadt bot, war jedoch leider Gottes ein ernsthafter, rechtschaffener junger Mann, der leichtsinnige Vergnügungen mied, und das sollte ihm teuer zu stehen kommen.

Jeden Tag nahm er mit einem jungen Landsmann im einzigen Speisehaus, wo man Gerichte nach den jüdischen Speisevorschriften zubereitete, eine warme Mittagsmahlzeit ein. Der Wirt kannte die Machtposition, die ihm sein Koschermonopol verschaffte, die Gäste hatten nichts zu melden. Die beiden saßen in der kleinen, schummrigen Gaststube an einem der vier runden Tische und aßen folgsam, was ihnen vorgesetzt wurde.

In diese triste Umgebung fiel zu Beginn des vergangenen Jahrhunderts an einem Mittag im Frühling ein bunter Schwarm ein: drei Mädchen und drei Jungen in Begleitung ihrer Eltern und einer unscheinbaren blonden Frau. Es war, so erzählte mein Vater, als ob sich eine Schar Kolibris in eine Spatzenkolonie verirrt hätte. Sie zirpten und zwitscherten, alle zugleich, in Englisch, Niederländisch und Spanisch, und kümmerten sich nicht um das Aufsehen, das sie erregten.

Für den Wirt wurde es ein schwarzer Tag.

Zur großen Freude seiner täglichen Opfer wollte das Oberhaupt der wunderlichen Familie von ihm wissen, wie er eigentlich dazu komme, einem derartigen Affenstall die prahlerische Bezeichnung Restaurationssaal zu geben. »Aber«, fügte er diplomatisch hinzu, »vielleicht ist das Essen ja ganz gut, ich habe es schon öfter erlebt, dass mir in einer miserablen Kaschemme ausgezeichnete Speisen vorgesetzt wurden.«

Die drei Mädchen hatten weiße Kleider an und trugen große Strohhüte, die üppig mit Rosen verziert waren. Da sie erst am Vortag mit dem Schiff aus Argentinien eingetroffen waren, hatten sie noch keine Zeit gehabt, Kleidung zu kaufen, die besser zu den kühlen Weststränden Europas passte. Erfreut bemerkten die drei, dass sie nicht nur wegen ihrer verrückten Hüte großen Eindruck auf die Gäste an den übrigen Tischen machten.

Sie müssen ein bildhübscher Anblick gewesen sein, die drei Schwestern, manch einer hat mir später seufzend von ihrer Schönheit erzählt.

»Dunkles, lockiges Haar hatten sie und samtbraune Augen und eine Haut wie altes Elfenbein, kleine, korallenrote Mündchen, die keinen Lippenstift brauchten ...« Die einstigen Verehrer beendeten ihre Geschichte regelmäßig damit, dass sie mich bedauerten, weil ich ganz nach meinem Vater kam.

Dieser war nach fünf Minuten fest entschlossen, das Älteste der Mädchen zu heiraten oder zu sterben.

Während die anderen Stammgäste noch die markigen Worte genossen, mit denen der Vater dem Wirt sein Missfallen über das schmuddelige Tischtuch und die schändliche Qualität der aufgetischten Speisen kundtat, war der verliebte Narr in Gedanken bereits dabei, eine Bleibe für sie beide einzurichten. Er war zu schüchtern, um auch nur einen Schritt in ihre Richtung zu wagen, und als er von seinem Freund ziemlich unsanft aus dem Speisesaal bugsiert wurde, weil er wieder an die Arbeit musste, wusste er weder, wie seine Angebetete hieß, noch wo sie wohnte, noch ob er sie jemals wiedersehen würde.

Seine freie Zeit verbrachte er von nun an damit, vor der Tür des Lokals Wache zu schieben, bis der Koch Mitleid mit ihm bekam und ihm sagte, dass er sich die Mühe sparen könne, der Wirt und der Familienvater seien als ausgemachte Feinde voneinander geschieden. Beim Bezahlen der Rechnung habe der Alte die Bemerkung fallen lassen: »Hier bin ich zwei Mal gewesen, das erste und das letzte Mal«, woraufhin der Wirt ihm und seiner Familie bis ans Ende der Tage den Zutritt zu seiner Lokalität untersagt habe.

Eine Woche später traf mein Vater die Kolibris dann wieder und zwar im Hause seines Chefs, wo er pflichtgemäß einmal im Monat seine Aufwartung machte. Wäre er zu der Zeit eines klaren Gedankens fähig gewesen, dann hätte er eine solche Möglichkeit durchaus vorhersehen können; doch in dem Zustand, in dem er sich befand, empfand er es als ein Wunder. Ein Jahr der schmählichsten Sklaverei brach für ihn an. Woche für Woche bat er das Mädchen um seine Hand, und Woche für Woche erteilte es ihm eine Abfuhr. Erbarmungslos machten ihre kleinen Brüder und Schwester sich über ihn lustig. Ihre Mutter nutzte ihn als Laufburschen aus und mit ihrem Vater musste er Schach und Dame spielen und zwar so, dass er jede Partie verlor, denn der Alte war ein schlechter Verlierer. Die Einzige, die Mitleid mit dem bedauernswerten Freier hatte, war das kleine blonde Frauchen, an das er sich von der ersten, so schicksalsträchtigen Begegnung erinnerte. Es hieß Rosalba und führte der Familie den Haushalt. Rosalba war es, die ihm nach einem Jahr sagte, dass er besser fortgehen solle, weil er doch keine Chancen habe. Er begriff, dass sie es gut mit ihm meinte, und versprach, so schnell wie möglich alles dahingehend in die Wege zu leiten.

Er kündigte, schrieb dem Mädchen einen Abschiedsbrief, schickte ihm und allen anderen in der Familie ein Andenken und bereitete seine Abreise vor.

Ein paar Tage, bevor er wieder in seine Heimat reisen wollte, bekam er Besuch vom Vater des Mädchens. Der traf ihn bleich und unglücklich im Bett liegend an. Ihm war anzusehen, dass er in den vergangenen Wochen kaum einen Bissen gegessen oder ein Auge zugetan hatte. Der alte Herr gestand, sein Schachpartner werde ihm fehlen, und er wollte ihn nicht fortgehen lassen, ohne ihm persönlich eine gute Reise zu wünschen. Nach dem Austausch einiger Höflichkeiten stockte das Gespräch, und dann entdeckte der Besucher auf dem Tischchen neben dem Bett eine Ansichtskarte mit Rembrandts »Nachtwache« ...

»Von meinem Bruder«, seufzte der betrübte Verehrer. »Sie dürfen sie ruhig lesen.« Onkel Salomon war bei seinen Verwandten dafür berüchtigt, zu oft, zu weitschweifig und zu belehrend zu schreiben. In seiner kleinen, akkuraten Handschrift gab er auch diesmal einen ausführlichen Bericht vom »erschlagenden« Eindruck, den dieses »göttliche« Gemälde schon beim ersten Anblick auf ihn gemacht hatte: »Beachte vor allem, wie kunstvoll der Schatten gemalt ist, der von der Hand von Hauptmann Frans Banning Cocq auf das goldfarbene Gewand des Willem van Ruytenburchs, Herrn von Vlaardingen, fällt! Viele Grüße, Salomon.«

Der Vater des Mädchens war überrascht und zugleich gerührt, wie ein junger, leicht überspannter Mensch darauf kam, seinem Bruder eine Karte selbigen Inhalts zu schreiben, und steigerte sich auf dem Heimweg in einen der Wutanfälle hinein, für die seine Sippe berühmt war.

Zu Hause zitierte er seine Tochter zu sich. Er schlug mit der Faust auf den Tisch und befahl ihr, dass sie den jungen Mann, den sie so eigensinnig abgewiesen hatte, zu heiraten habe, und damit basta. Dass das Jahrhundert des Kindes bereits angebrochen war, kümmerte den alten Tyrannen dabei in keinster Weise. Bis zu seinem letzten Atemzug wollte er davon nichts wissen.

Er drohte mit allen Machtmitteln, die ein liebevoller Vater in jenen Tagen sich nicht scheute, tyrannisch zum Einsatz zu bringen. Das Mädchen sträubte sich, doch alles half nichts.

Nach einer Woche wurde die Verlobung gefeiert und kurz darauf die Ehe geschlossen, die nicht unglücklicher gewesen sein wird als die meisten anderen.

Ein paar Jahre nach meiner Geburt brach der Erste Weltkrieg aus, und die ganze Familie flüchtete in die Niederlande. Nach dem Krieg durften alle wieder nach Hause zurück, nur wir nicht. Ich fand erst damals heraus, dass meine beste Freundin Mili und ihre Eltern, Onkel Wally und Tante Eva, gar nicht zu unserer Familie gehörten. Sie hatten immer schon in Scheveningen gewohnt, das mit einem Mal ganz ausgestorben wirkte, nachdem alle Flüchtlinge wieder an den eigenen Herd zurückgekehrt waren. Außer uns, denn mein deutscher Vater, der länger in Belgien gelebt hatte und das Land viel mehr liebte als der Rest der Familie, hatte nicht daran gedacht, sich einbürgern zu lassen; doch das begriff ich erst viel später. Zwar musste ich mich erst einmal daran gewöhnen, dass Mili nicht meine Cousine war, gleichzeitig war es aber auch eine gewisse Erleichterung, dass ihr Großvater nicht auch der meine war. Ich fürchtete mich vor ihm, obwohl er mich eigentlich an den Gestiefelten Kater erinnerte; er war ziemlich klein und trug einen Kaiser-Wilhelm-Bart. Wie er dazu kam, war ein Rätsel, denn kaum hatte man den Namen dieses glücklosen Cäsaren in seiner Gegenwart ausgesprochen, schäumte Opa Harry vor Wut.

»Das ist wegen der Mark«, sagte Mili, als ob es sich um eine schlimme Art von Masern handelte.

Milis Eltern zogen nach Den Haag um und überredeten die meinen, es ebenfalls zu tun. Meinem Vater gelang es nicht, eine Anstellung zu finden, deshalb fing er an, auf eigenes Risiko Geschäfte zu machen. Er versprach sich wohl nicht viel davon, denn er mietete für uns eine billige Obergeschosswohnung in einer der am stärksten befahrenen und hässlichsten Straßen der Stadt an. Unser Collie konnte sich nicht an das Stadtleben gewöhnen. Sobald die Haustür aufging, stürzte er sich aus schierer Verzweiflung mitten in den Verkehr. Nachdem er mehrmals angefahren worden war, beschlossen meine Eltern, ihn zu verkaufen. »Es ist zu seinem Besten«, sagten sie, »du willst doch nicht, dass er von der Straßenbahn überfahren wird, und wenn wir ihn behalten, passiert das garantiert einmal.«

Jemand aus Rijswijk kaufte den Hund und nahm ihn mit, doch am nächsten Tag war das Tier wieder da, mit einem zerbissenen Strick an seinem Halsband. Sein neuer Herr kam und führte ihn abermals weg, diesmal an einer dicken Eisenkette. Nach dem zweiten Abschied, der mir viel schwerer fiel als der davor, überkam mich ein grundloser Widerwille gegen Den Haag. In der Schule wurde ich anfangs von meinen Klassenkameraden geärgert, später beachteten sie mich nicht weiter, was ich angenehm und beruhigend fand.

Mili dagegen, die zwei Klassen unter mir war, erging es ganz anders. Sie kam immer umringt von einem Schwarm kleiner Mädchen aus der Schule, fröhlich und voll aufgeregter Geschichten über alles Vergnügliche, das sie erlebt hatte. Sie hätte mir in dieser Zeit vielleicht die Freundschaft gekündigt, wenn wir nicht »Frau Antonius« und »Frau Nilsen« zusammen gespielt hätten. Frau Antonius – Mili – war vornehm. Sie hatte ein musterhaftes Töchterchen, Louise, und einen musterhaften Mann, der von Beruf Minister war. Mein Mann, Nils Nilsen, war ein schwedischer Maler. Die Nationalität und den Namen verdankte er meiner tiefen Bewunderung für »Nils Holgerssons wunderbare Reise«. Nils und ich hatten einen kleinen Sohn, Benjamino, ein richtiger kleiner Satansbraten. Das Spiel bestand darin, uns immer wieder etwas Neues auszudenken, um deutlich zu machen, wie ordentlich es bei den Antoniussen zuging und was für eine Lotterwirtschaft bei uns herrschte. Mein Nils tat nicht viel mehr, als sich und das ganze Mobiliar mit Farbe vollzuschmieren, kurz bevor der Minister zu Besuch kam, der dann missbilligend sein weises Haupt schüttelte. Die Männer mochten einander nicht, und die goldige kleine Louise hatte Todesangst vor Benjamino, sodass die beiden Mütter die ganze Zeit nur mit Beschwichtigen und Entschuldigen beschäftigt waren. Dieses langweilige Spiel hielten wir sehr lange durch, auf dem Schul- und auf dem Heimweg, die übrige Zeit schwiegen wir wie ein Grab über unsere Familien.

Mili hatte strohblonde Locken und große hellblaue Augen, genau wie ihr Traumtöchterchen Louise, aber sie war keineswegs nur goldig; sie war ihren Altersgenossen immer schon weit voraus gewesen. Ihre Eltern begriffen recht bald, dass sie ein seltenes Exemplar zu hüten hatten, und ließen ihr Töchterlein deshalb schon sehr früh Dinge selbst entscheiden, was ausgezeichnet funktionierte. Äußerlich sah Mili ihnen nicht ähnlich, da beide dunkles Haar und dunkelbraune Augen hatten. Ihre Mutter war eine schöne Frau, was mich jedoch am meisten zu ihr hinzog, war ihre Stimme, die lieblich wie ein Bächlein dahinplätscherte. Tante Eva wollte nur eines: es sich und anderen so gemütlich wie möglich zu machen. Dafür überwand sie sogar ihre eigene Trägheit. Im ganzen Haus standen von ihr eigenhändig mit großer Sorgfalt und viel Geschmack arrangierte Blumengestecke, sie bereitete die köstlichsten Pralinen und Törtchen zu, und alle Wasserhähne des Hauses waren von ihr mit Schleifen verziert. Die im WC waren aus rosa- und weißgestreiftem Satin.

Milis Vater war ein eckiger, hagerer Mann mit wachen Augen und einem breiten Mund. Borstige Brauen trafen sich über seiner großen Hakennase. Trotz allem hielt er sich für unwiderstehlich, und das zu Recht, denn wenn er sich mit jemandem unterhielt, vermittelte er seinem Gegenüber das Gefühl, wichtig und liebenswert zu sein. Er war nicht zerstreut oder desinteressiert wie andere Erwachsene, wenn Mili und ich ihm unsere kleinen Sorgen anvertrauten, und er spielte mit uns Lotto und Karten, als ob es um sein Leben ginge. Wenn ihm etwas besonders gefiel oder zuwider war, bereicherte er unseren Sprachschatz um ein neues Wort, das wir, ohne nähere Erläuterung, verstehen und begreifen sollten.

Eines Sonntagnachmittags, an dem wieder einmal grollend Onkel Salomons und seines Helfershelfers gedacht worden war, suchte meine Mutter mit mir Tante Eva auf, bei der sie, wann immer ihr danach war, ihr Herz ausschütten konnte. Mili und ich wurden nach oben geschickt, damit unsere Mütter ungestört weinen und klagen konnten. Als wir zwei Stunden später wieder nach unten durften, saßen die beiden höchst zufrieden, mit tränennassen Gesichtern, beim Tee. Onkel Wally war ein leidenschaftlicher Angler und verließ jeden Sonntagmorgen bereits im Morgengrauen das Haus. Wir hörten ihn pfeifend zurückkommen und nach oben gehen, um sich umzuziehen. Kurz darauf trat er gut gelaunt ins Zimmer.

»So, meine Zuckerschneckchen«, begrüßte er uns, »ich habe Lust auf Tee.«

Mili erkundigte sich, wie sein Tag gewesen sei.

»Es war bonfortionös«, sagte er, »einfach bonfortionös. Klappte alles wie am Schnürchen.«

Mili und ich gratulierten ihm. Er setzte sich in seinen Lehnstuhl, zündete eine Zigarette an und sah dann die verweinten Gesichter der beiden Frauen. Bestürzt fragte er, warum sie wie ein Paar verheulte Spinatwachteln dasäßen. Tante Eva erzählte ihm, dass meine Mutter am nächsten Tag mit mir nach Antwerpen fahren wolle und dass es sein könne, dass wir nie mehr zurückkämen, weil meine Mutter ernsthaft über eine Scheidung nachdenke und auf jeden Fall fest entschlossen sei, sechs Monate wegzubleiben.

Wally wurde wütend. »So ein Kokolores«, sagte er, »das ist eindeutig so ein Fall, wo sich Wally ein Dokument wird zuschicken müssen.«

Mili errötete über das ganze Gesicht bis in die Haarspitzen, und Tante Eva erbleichte.

»Oh Pappi, bitte nicht«, bettelte Mili, und Tante Eva bat ihn ebenfalls inständig, dieses Mal von seinem Vorhaben abzusehen; doch selbst das Flehen dieser lieben Stimme konnte ihn nicht von seinem Plan abbringen.

In strengem Ton, der keine Widerrede duldete, befahl er Mili, Papier und Briefmarken aus seinem Zimmer zu holen. »Du weißt, wo alles liegt, und ich erwarte dich schleunigst zurück ohne Firlefanzereien.«

»Ja, Pappi«, sagte Mili folgsam und so betrübt, wie ich sie noch nie erlebt hatte. Ich lief mit nach oben und bat sie, mir zu sagen, was jetzt kommen würde, aber darüber wollte sie nicht reden.

»Du wirst schon sehen«, sagte sie, »es ist was ganz Schreckliches. Das tut er ständig, er macht Mammi und mich manchmal ganz verrückt damit und am Ende hat er dann auch noch immer recht.«

Mit einem tiefen Seufzer legte sie das Schreibzeug vor ihren Vater auf den Tisch. Er setzte sich, nahm ein Blatt und begann, während er sich selbst laut diktierte, zu schreiben.

Schriftliche Erklärung

Hiermit erkläre ich – der weise Wally – in Anwesenheit von Thea, Eva, Gittel und Mili schriftlich, mündlich und feierlich Folgendes: Thea beabsichtigt, sechs Monate oder länger bei ihren Verwandten wohnen zu bleiben.

Ich, oben genannter weiser Wally, erkläre, dass sie noch vor Ablauf von sechs Wochen nach Hause zurückkehren wird, und zwar aus freien Stücken und frohen Muts!

Rechtskräftig gezeichnet,
Wally

Dieses Dokument wird in sechs Wochen im Beisein derselben Zeugen geöffnet und es wird von diesen dann ausnahmslos, demütig und offiziell anerkannt werden, dass Wally recht hatte.

gez. Wally

Die vier Zeugen schauten und lauschten, ihnen hatte es die Sprache verschlagen. Onkel Wally faltete das Dokument in einen Umschlag, versiegelte und frankierte ihn und schrieb seine Büroanschrift als Adresse darauf. Anschließend mussten Mili und ich ihn zum Briefkasten begleiten, damit wir später unter Eid erklären könnten, dass er das Dokument tatsächlich an diesem Datum verschickt habe, falls inzwischen neue Erkenntnisse ans Licht kämen. Als Mili und ich wieder oben in ihrem Zimmer waren, beschwor sie mich im Namen unserer langen Freundschaft, in der Schule nichts von dieser schrecklichen Marotte ihres Vaters zu erzählen. Ich versicherte ihr, dass sie auf mich zählen könne und dass es auch in meinem Leben gewisse Dinge gebe, die ich nicht gern der Öffentlichkeit preisgeben würde. Das schien sie ein wenig zu trösten, und sie erkundigte sich, ob ich es schön fände, wieder nach Antwerpen zu gehen. »Gar nicht«, gab ich zurück, wir waren erst vor einem Monat dort gewesen, und anschließend musste ich in der Schule all den versäumten Stoff nachholen, was schrecklich mühsam war.

II

Niemand wartete auf dem Bahnsteig, um uns abzuholen, und meine Mutter sagte, dass sie von vornherein gewusst habe, dass es ein Nein-Tag würde. An einem Nein-Tag ging alles schief, und Ja-Tage waren ganz selten. Wir schleppten unsere Koffer zum Ausgang, und im Takt unserer Schritte begann meine Mutter in düsterem Ton zu deklamieren:

Hark! Hark!
The dogs do bark!
The beggars are coming to town ...
some in rags,
and some in jags
and one in a silken gown.

Sie wusste, dass ich den Kinderreim nicht ausstehen konnte, aber sie hätte mich nicht so oft damit geärgert, *wenn sie die verschneite Straße gesehen hätte, mit den hohen gelben Häusern rechts und links, deren Spitz-*

dächer in eine tief hängende Wolkendecke pieksten, die von der untergehenden Sonne rot und lila gefärbt wurde.

Jedes Haus hatte einen Vorgarten, ein Kiesquadrat und mittendrin eine strenge Rabatte mit rosaroten Geranien.

Man hatte die Bewohner gewarnt, dass die Bettler kämen, und sie hatten vor allen Fenstern die Rollläden heruntergelassen, aber ihre Angst sickerte durch die Ritzen in die Vorgärten, wo die Hunde Wache hielten. Bouviers und Hirtenhunde, und diese großen weißen Doggen, die aussehen, als hätte eine böse Riesenhand sie mit Tinte bespritzt. Ab und zu heulte einer der Hunde, die schon von Weitem die Bettler herannahen hörten, lange, bevor ihr wütendes Geschrei und das Schlurfen wundgelaufener Füße die Straßen füllten. Es waren Hunderte: Einige hinkten auf Krücken oder zogen ein Holzbein nach, andere hatten einen schwarzen Fetzen vor der leeren Augenhöhle. Sie schrien, dass sie Hunger hätten, und schüttelten drohend die Fäuste zu den gelben Häusern hin, doch wenn sich einer auf den Gehweg wagte, knurrten und kläfften die Hunde. Sie rissen ihre geifernden Fänge auf und zeigten die Zähne. Machtlos gefangen in Hunger und Lumpen, mussten die Bettler weitertrotten, sie johlten und grölten, doch gegen die Hunde konnten sie nichts ausrichten.

Dann kam mit einem Mal der Bettler mit dem seidenen Gewand vorbei. Aus aprikosenfarbener Seide war *es, genauso zerrissen und ramponiert wie die grauen Fetzen der anderen, und weniger wärmend … aber es schimmerte im Abglanz der sinkenden Sonne, und dieses Schimmern konnten die, die am nächsten neben dem in dem seidenen Gewand schlurften, nicht ertragen, neben ihm wirkten ihre eigenen Lumpen noch schäbiger und schmutziger.*

Haarige Klauen schlitzten zuerst die Risse in der morschen Seide weiter auf und krallten danach in die bleiche Haut darunter. Als der mit dem seidenen Gewand nackt und still im Schnee lag, setzten die anderen ruhig und fast glücklich ihren Weg fort. Die letzten, die am schlechtesten zu Fuß waren, hatten ihre Freude daran, mit ihren Krücken nach der reglosen Gestalt zu schlagen.

Als es wieder still ist in der Straße, wagen sich auch die Hunde hinter den Zäunen hervor …

Meine Mutter und ich sagten zueinander, dass vielleicht draußen vor dem Bahnhof jemand auf uns wartete, obwohl wir es besser wussten. Meine Großmutter konnte uns nur auf eine einzige Art signalisieren, dass sie von unserem Besuch gar nicht erbaut war, nämlich, uns nicht abholen zu lassen. Dass sie uns das nicht ins Gesicht sagen konnte, war ihre eigene Schuld.

Bis auf meine Onkel Charlie und Fredie waren all ihre Kinder verheiratet, und es wäre viel vernünftiger und preiswerter für sie, in eine kleinere Wohnung umzuziehen, aber sie liebte das große Haus, das an einer der breitesten Alleen der Stadt lag, und sie wehrte sich mit

Händen und Füßen gegen einen Umzug. »Ich bleibe nur in diesem unbequemen Kasten wohnen, damit all meine Kinder und Enkelkinder nach Hause kommen können, wenn sie Lust dazu haben«, sagte sie, und an diese Aussage war sie nun einmal gebunden. Kündigte meine Mutter unseren Besuch an, musste uns Großmutter willkommen heißen, auch wenn es nicht von Herzen kam. Dass das große Haus mit seinen vielen steilen Treppen und der Küche im Souterrain für eine alte Dame nicht gerade ideal war, störte sie nicht, dafür hatte sie Rosalba.

Wir mussten ein Taxi nehmen, denn wir hatten viel mehr Gepäck als sonst dabei, weil wir ja dieses Mal sechs Monate bleiben wollten.

Als der Chauffeur vor dem Haus anhielt, entfuhr es meiner Mutter: »Auch das noch!« Vor dem Haus stand Rosalba und unterhielt sich mit Oma Hofer. Der Chauffeur lud unsere Koffer aus, und zu unserer Erleichterung kramte Rosalba in ihrer Schürzentasche und bezahlte das Taxi. Neben Oma Hofer wirkte sie noch kleiner und schmächtiger als sonst. Letztere war eine imposante Frau, die in Statur und Kleidung viel von einem wohlbestallten Leichenkutscher hatte und von der in unserer Familie behauptet wurde, ihre Zunge sei aus Schmirgelpapier.

Rosalba küsste uns, und Oma Hofer sagte: »So, so, da sind die zwei ja schon wieder, ich dachte, ihr wärt gerade erst nach Hause.« Meine Mutter fragte lammfromm, wie es den Familien ihrer beider Schwestern ginge, beide

Schwiegertöchter von Oma Hofer. »Zum Glück viel Geschrei«, antwortete diese, »also sind alle gesund.«

Sie packte mich am Kinn, drehte mein Gesicht ins Licht und erklärte, ich sähe meinem Vater zum Verwechseln ähnlich. Rosalba sagte, dass ich dann einem sehr guten Menschen ähnlich sehe.

»Ach was, ein guter Mensch«, höhnte Oma Hofer. »Isst kein Glas. Trinkt keine Tinte und wirft die Straßenbahn nicht um. Armut ist keine Schande, aber eine Ehre ist sie auch nicht.«

Darauf gab sie Rosalba einen so festen Klaps auf den Rücken, dass diese fast umfiel, und marschierte, ohne uns eines Grußes zu würdigen, wie ein Grenadier die Straße hinunter.

Wie und wo Rosalba in die wilde Familie meiner Mutter hineingeraten war, ist nicht bekannt. Zeit ihres Lebens nahm jeder von uns ihre bescheidene Anwesenheit und ihr treues Sorgen als selbstverständlich hin. Sie gehörte zweifellos zum Inventar. Sie war Protestantin und kam aus England und lernte keine andere Sprache dazu. Wie es ihr gelungen ist, sich in den fernen Ländern zu verständigen, in die sie meiner Großmutter folgte, um deren Haushalt zu führen, ist eines der vielen Rätsel, die ihre kleine Gestalt umgaben. Über ihren Glauben schwieg sie sich aus, und in ihre Kirche ging sie nicht mehr. Aber sie wachte streng über unser Seelenheil. In keiner Küche, in der je eine Jüdin regierte, werden die Speisevorschriften gewissenhafter eingehalten worden sein als in der, wo Rosalba so vorzüglich und absolut koscher kochte.

Jeden Tag wurde eine Komödie aufgeführt, um Rosalba glauben zu machen, wir wüssten nicht, dass sie Analphabetin war. Immer wieder erfand Großmutter mit einem heftigen Zwinkern zu allen Anwesenden eine neue Entschuldigung, um ihr die Zeitung vorlesen zu können, und wenn an Weihnachten ein Brief ihres einzigen Bruders aus England kam, wurde er von einem von uns beantwortet, weil Rosalba zufällig gerade ihre Brille zerbrochen hatte.

Sie war nicht dumm, aber keiner von uns hat je versucht, ihr die Kunst des Lesens beizubringen, wir fühlten, dass meine Großmutter das nicht gern gesehen hätte.

Während wir das Haus betraten, erzählte Rosalba, Großmutter und Oma Hofer stünden wieder einmal auf Kriegsfuß. Die beiden Frauen führten einen erbitterten Kampf um den ersten Platz in den kleinen Herzen des halben Dutzends Enkelkinder, an dem sie jeweils gleiche Anteile hatten. Großmutter saß mit einer Handarbeit in ihrem Lehnstuhl am Fenster. Sie war klein und untersetzt und trug immer Kleider aus schwerer schwarzer Seide, geschmückt mit blütenweißen Spitzenjabots, wie sie die selige Königin Victoria zu tragen pflegte. Sie fand, dass ihr Leben in vielerlei Hinsicht dem der Monarchin glich. Sie sprach gern von sich als der Schwiegermutter Europas und war ebenfalls jung Witwe geworden.

Ihren Witwenstand trug sie voller Mut – um nicht zu sagen, frohgemut. Sie hatte stechende dunkle Augen, und die Haut ihres runden Gesichtchens war faltenlos und flaumweich wie die eines jungen Mädchens; eine Tatsache, auf die sie stolz war und gern aufmerksam machte.

Rosalba brachte Kaffee und Kuchen herein und meine Mutter wusste mit so viel Geschick kein gutes Haar an Oma Hofer zu lassen, dass unsere Gastgeberin unwillkürlich ihre Verstimmung über unseren Besuch vergaß.

Rosalbas fein inszeniertes Ablenkungsmanöver hatte wunderbar geklappt.

»Ach, wie nett, dass ihr wieder da seid«, sagte Großmutter, und danach wurde der letzte Familienklatsch umständlich abgehandelt.

»Wie geht es denn jetzt mit Isi und Sonja?«, fragte meine Mutter lächelnd.

»Geh du mal im Garten spielen«, wies mich Rosalba an; das musste ich immer, wenn über das schwarze Schaf der Familie, den Mann meiner jüngsten Tante, gesprochen wurde. Er nahm es mit der ehelichen Treue nicht allzu genau, und wenn man ihm deshalb Vorwürfe machte, antwortete er stets: »Selbst wenn ein Mensch den schönsten Rembrandt der Welt besitzt, möchte er doch ab und zu ein anderes Gemälde betrachten.« Oder: »Wenn ein Mann eine Frau liebt, muss er doch nicht alle anderen Frauen hassen.« Dagegen konnte der unbequemste Besserwisser nur wenig einwenden.

Ergeben stieg ich die Stufen zum Souterrain hinab und ging durch den dunklen Flur, der zum Garten führte, einem dreieckigen Fleckchen Erde, rundum von hohen Mauern umgeben. Nicht der kleinste Sonnenstrahl konnte dorthin gelangen, und alles, was angepflanzt wurde, ging sofort ein außer zwei unverwüstlichen Stechpalmen, die jedes Mal, wenn ich sie wiedersah, noch größer und noch stachliger geworden waren. Auch die Häuser meiner Tanten hatten nur kleine Gärten, und Mili wohnte mit ihren Eltern, genau wie wir, im ersten Stock. *Deshalb war es nur gut, dass ich hinter meinem Haus auf der Insel einen Garten hatte; dort blühten das ganze Jahr über Rosen und Vergissmeinnicht. Bevor ich dort hinzog, hatte ich Rollo, den Collie, zurückgekauft und ging nun jeden Morgen mit ihm am Strand spazieren. Außer Blimbo und Juana, einem schwarzen Ehepaar, das für Haus und Garten sorgte, wohnte niemand auf der Insel. Mili durfte gelegentlich zu Besuch kommen. Meine Eltern auch, aber nur getrennt, denn das ewige Geschimpfe auf Banning Cocq wollte ich mir auf der Insel nicht anhören. Fritz Kreisler und seine Klavierbegleitung waren einmal im Jahr willkommen, sonst wurde kein Mensch zugelassen, der nicht ausdrücklich eingeladen war.*

Blimbo saß ganz oben im Leuchtturm und meldete mir von dort die Ankunft frecher Strolche, die trotzdem eindringen wollten. Manchmal, wenn besonders klare Sicht war, stieg ich zu Blimbo hinauf in sein achteckiges

Turmzimmer. Dann lachte ein breiter Halbmond in seinem dunklen Gesicht, und er lieh mir sein Fernglas. Ich konnte auf dem Festland die Stadt und die Berge dahinter ganz klar erkennen, aber dorthin ging ich so gut wie nie. Ich freute mich viel zu sehr, auf der Insel zu sein. Bevor ich das Turmzimmer verließ, warf ich immer einen Blick in die Ecke, wo die großen, grünen, runden Steine lagen, um zu überprüfen, ob Blimbo den Vorrat aufgestockt hatte. Am Strand rannte Rollo immer ein ganzes Stück vor mir her, kam aber immer wieder zurück und bellte kurz, um sich den Kopf streicheln zu lassen. Ich bekam Hunger und sagte ihm, dass wir wieder umkehren müssten. Das Meer sah verlockend aus: Zwar war es zum Schwimmen noch ein bisschen früh im Jahr, ich wollte es am Nachmittag aber trotzdem einmal wagen.

Kaum waren wir im Haus, klingelte das Telefon. Das konnte nur Blimbo sein, und das bedeutete Gefahr.

»Was ist, Blimbo?«

»Das Boot vom Festland ist im Hafen, Missy. Sie erwarten heute doch keine Gäste?«

»Nein, Blimbo. Vielleicht ist es ein Postpaket.«

»Das glaube ich nicht, Missy. Pedro, der uns immer die Post bringt, ist nicht mit an Bord, und es geht nur eine Dame an Land.«

»Frag, wie sie heißt und was sie möchte.«

Ich musste einen Moment am Telefon warten, in der Ferne hörte ich Blimbos leise Stimme. Er nahm den Hörer wieder auf: »Sind Sie noch dran, Missy?«

»Ja, natürlich, Blimbo. Wer ist der unerwünschte Gast?«

»Sie sagt, dass sie Oma Hofer ist, dass Sie sie gut kennen und dass sie Sie besuchen möchte.«

»Stein, Blimbo.«

Blimbo traf sein Ziel. Dafür war er eingestellt.

Onkel Isi muss das Nötige auf dem Kerbholz gehabt haben, denn ich wurde nicht mehr nach oben gerufen. Nach einer halben Stunde wurde mir kalt im Garten, und ich ging die beiden Dienstmädchen begrüßen, die unter ohrenbetäubendem Gesang das Kupfer putzten. Ich stimmte aus voller Kehle bei den Refrains mit ein. Das Haus hatte etwas an sich, das zum Lärmen einlud. Meine Onkel besaßen jeweils ein Grammophon, die sie gleichzeitig mit voller Lautstärke gegeneinander antreten ließen, und Kinder, die zu Besuch kamen, begannen schon an der Haustür lauthals zu quengeln. Das Radio hatte seinen Bildungsauftrag noch nicht erteilt bekommen, sonst wäre der Radau nicht auszuhalten gewesen.

Zu den Prüfungen eines Antwerpenbesuchs gehörte, dass von mir erwartet wurde, mich voller Freude mit meinen jüngeren Cousins und Cousinen zu beschäftigen, wenn die Kindermädchen ihren freien Nachmittag hatten. Meine Tanten vertrauten mir ihre Sprösslinge an, sie selbst gingen ins Kino und taten scheinheilig so, als würden wir sicher ganz wunderbar miteinander spie-

len. An diesen Tagen hatte Blimbo alle Hände voll zu
tun, denn für mich bestand das Spiel darin, dafür zu sorgen, dass die kleinen Nervensägen nicht von der Treppe fielen.

Rosalba zog sich, sehr verständlich, bis zur Teestunde
in ihr Zimmer zurück.

Eine andere Prüfung musste ich jeden Freitagabend
über mich ergehen lassen. Dann brachten die Onkel aus
der Synagoge einen Schnorrer mit, der bei Tisch immer
zwischen Rosalba und mich gesetzt wurde. Ich litt still
unter dem Schlürfen und Schmatzen, denn die Tisch-
manieren der Schnorrer waren bescheiden, aber ich
wusste, dass meine Großmutter mir die Ohren langzie-
hen würde, wenn ich mich darüber beklagte. Wochentags
hatten wir des Öfteren einen festen Griner* zum Essen da. Das waren keine Schnorrer, sondern junge Männer aus Polen und Umgebung, die nach Antwerpen kamen, um das Diamantschleifen zu lernen. Sobald sie das
Fach beherrschten und allmählich etwas damit verdien-
ten, wollten sie anderen nicht mehr die Gratismahlzei-
ten wegessen; dann nahm ein neu eingetroffener Griner
den Platz des Vorgängers ein. Darin waren sie von einer
vorbildlichen Ehrlichkeit und Solidarität. Es waren leise, schüchterne Burschen, die nichts außer Polnisch und
ein für uns unverständliches Jiddisch sprachen. Sie ver-
schlangen so viel sie konnten, und verschwanden, sobald
die Mahlzeit vorbei war, mit einem kurzen Gruß, genauso leise und scheu, wie sie gekommen waren. Dagegen

gab es unter den berufsmäßigen Schnorrern* schillernde Gestalten, denn ein Schnorrer, der seinen Beruf ernst nahm, war davon überzeugt, dass er eine wichtige, Gott wohlgefällige, soziale Funktion innehatte. »Versetzt er seinen Mitmenschen nicht in die Lage, ein gutes Werk zu tun, das von dem dazu angestellten Engel dem Wohltäter gutgeschrieben wird?«

»Hat das nicht einen viel höheren Wert als ein paar Bissen Essen oder eine Handvoll Münzen?«

Diese hohe Meinung, die sie hinsichtlich ihrer Aufgabe hegten, machte den Umgang mit den Schnorrern einfach und frei von jeder geheuchelten Demut und Dankbarkeit, die das Verhältnis Schenker-Beschenkter oftmals trüben.

Der Berufsschnorrer hatte meist ein hebräisches Schreiben – echt oder nicht – bei sich, von einem Rabbiner, der für eine notleidende Gemeinde oder Jeschiwa* in Polen um eine Spende bat. Damit suchte er einen bereits in Antwerpen etablierten Kollegen auf, der ihm auf Prozentbasis eine Liste der Bessersituierten in der jüdischen Gemeinde verschaffte. Außer den Schnorrern wusste niemand, welcher »Antwerpener« so gut im Bilde war. Über diese Schnorrer machten viele Geschichten die Runde, die sich wenig voneinander unterschieden. Jede wohltätige Familie erzählte ihre eigene Geschichte über die Chuzpe* der Schnorrer und die Engelsgeduld, mit der diese hingenommen wurde. Ein einziges Mal durfte ich einem Großmeister dieses Fachs begegnen.

Er kam früh hereinspaziert, an einem Freitagnachmittag im Winter. Er trug einen langen schwarzseidenen Kaftan und hatte eine teure Pelzmütze kokett schräg auf seine roten Haare gedrückt; ein stachliger Bart umrahmte ein breites, rosiges Gesicht. Er war die Fröhlichkeit in Person und unterhielt uns angenehm, indem er eine Stunde lang Lieder zum Besten gab. Zuerst erzählte er den Inhalt des Lieds, weil wir sein Jiddisch nicht besonders gut verstanden, er selbst sprach sehr gut Deutsch. Um vier Uhr sah er auf die Uhr.

»Vier Uhr«, sagte er, »gerade noch Zeit, einen Kunden abzuhandeln, bevor wir in die Schul* gehen.«

Er zog die berüchtigte Liste aus seiner Tasche.

»Such mir einen aus, der nicht allzu weit weg wohnt«, sagte er leutselig zu Charlie, der gerade hereinkam, »und bring mich dann kurz dorthin.« Charlie erzählte später, der Schelm sei unter lautem Singen über die Straße gegangen, habe sich eine dicke Zigarre gekauft und diese dann mit sichtlichem Wohlbehagen gepafft. Charlie hatte gemeint, ihn darauf hinweisen zu müssen, dass ein Auftreten dieser Art keinen guten Eindruck auf den Kunden machen würde, dem er Geld aus der Tasche zu ziehen hoffte.

»So ein Grünschnabel will mich mein Fach lehren«, lachte der Rothaarige, und Charlie schwor uns, der Schnorrer sei, nachdem sich bei dem neuen Kunden die Tür aufgetan hatte, kreidebleich, schluchzend, laut und überzeugend wehklagend über die Schwelle getreten.

41

Der Schnorrer kam, soweit das überhaupt möglich war, noch vergnügter zu uns zurück als beim ersten Mal. Auf Großmutters Frage, ob alles nach Wunsch verlaufen sei, antwortete er: »Ich kann nicht klagen.«

Bei Tisch war er ein höchst unterhaltsamer Gast, obwohl die Mahlzeit nicht seine volle Zustimmung finden konnte.

»Wo bleibt der Fisch?«, fragte er, als nach der Suppe ein Fleischgericht aufgetragen wurde. Großmutter entschuldigte sich und sagte, dass Fischessen am Freitagabend hier bei uns nicht üblich sei.

»Schon gut, schon gut«, entgegnete der Schnorrer gutmütig, »aber Sie wissen nicht, was Ihnen entgeht.«

Er erzählte einen Witz nach dem anderen, und einen davon habe ich behalten, weil mir keiner erklären wollte, was daran so komisch war.

»Eines guten Tages«, erzählte der rothaarige Schnorrer, »komme ich gerade noch rechtzeitig vor Schabbes* in einer kleinen Stadt an. Es war im Winter, ein dicker Schneepelz lag auf der Straße, und alle Häuser hatten ein weißes Kappl* auf. Mit einiger Mühe fand ich den Weg zur Schul*. Ich fror und war hungrig. Nach dem Gottesdienst fragte ich den Synagogendiener, ob er vielleicht ein Haus wisse, wo ich etwas zu essen bekäme.

›Du hast Glück‹, sagte der Schammes*, ›du kannst beim Rebbe* essen.‹

›Beim Rebben‹, sagte ich erschrocken, denn wir wissen

alle, dass unsere Rabbonim* – Gott gebe ihnen allen Gesundheit und hundertzwanzig Jahre sollen sie leben – arm wie Kirchenmäuse sind. Bei ihnen wird nicht solch eine Mahlzeit aufgetischt wie ich sie heute Abend hier genossen habe – obwohl der Fisch gefehlt hat. Der Schammes verstand mich. ›Unser Rebbe ist ein reicher Mann‹, sagte er, ›du wirst bei ihm eine sehr gute Mahlzeit bekommen. Du wirst bestimmt zufrieden sein‹, und er erklärte mir, wo ich hingehen musste.

Ich kam zu dem Haus, einem großen weißen Haus, und klopfte an die Tür. Nach kurzer Zeit wurde von einer Frau aufgetan. Ach, von was für einer Frau!« Der Rothaarige erhob Hände und Augen gen Himmel.

»Eine Schönheit, ein Engel vom Himmel! Ich stammelte eine Entschuldigung, denn ich dachte, ich hätte an die falsche Tür geklopft, aber die schöne Frau lachte mich freundlich an. Ach, was für ein Lachen! Es zauberte Grübchen in ihre rosigen Wangen und entblößte Zähne wie Perlen.

Sie bat mich einzutreten und sagte, dass sie die Rebbetzin* sei.

Unsere Rebbetzins sind gute, brave Frauen. Manchmal sind sie sogar noch sehr gescheit. Schön brauchen sie nicht zu sein, und das sind sie auch meist nicht – Gott segne sie. Eine Rebbetzin wie diese hier, das hatte ich noch nie gesehn.

Ich folgte ihr ins Esszimmer, ein großer Raum, wo ein reich gedeckter Tisch stand.

Dort saß der Rebbe. Vornehm wie ein König, in einem Sessel gleich einem Thron, voll seidener Kissen. Er begrüßte mich ernst, aber freundlich und zeigte mir meinen Platz. Die schöne Frau entzündete die Kerzen des großen, glänzenden Leuchters, und das Licht der Flämmchen spiegelte sich so weich in ihren großen dunklen Augen, dass es sogar mir einen Moment die Sprache verschlug.

Sie trug selbst die Suppe auf, in einer Silberschüssel. Wie es sich gehört, bediente sie zuerst ihren Mann. Der Rebbe kostete die Suppe, schüttelte den Kopf, griff mit einer Hand ins Salzfass, mit der anderen in den Pfeffertopf und streute aus beiden große Mengen in seinen Suppenteller. Wieder fuhr mir der Schreck in die Glieder. Sie ist viel zu schön, um gut kochen zu können, dachte ich, und als sie mir die Suppe ausschöpfte, nahm ich ein ganz kleines bisschen davon auf meinen Löffel, und ich kostete ... ganz vorsichtig ... Es war eine ausgezeichnete Suppe, eine himmlische Suppe. Ich aß meinen Teller mit Appetit leer und sagte nicht Nein, als die Rebbetzin mir anbot, ihn wieder vollzuschöpfen. Sie trug den Fisch auf. Karpfen mit Rosinen, meine Leibspeise – eine Mahlzeit ohne Karpfen und Rosinen *ist* keine Mahlzeit, sag ich immer. Abermals kostete der Rebbe, schüttelte den Kopf und warf händevoll Pfeffer und Salz auf den edlen Karpfen. Eine Sünde und Schande war das. Auf dem lieben, ruhigen Gesicht mir gegenüber konnte ich keinen Anflug von Verwunderung entdecken. Der Rebbe schien es immer so zu halten und fuhr damit fort, sogar beim Kugl*. Auch darüber streute er Pfeffer und Salz.

Nach dem Dankgebet hielt ich es nicht mehr aus.

›Rebbe‹, sagte ich zu ihm, der in tiefen Gedanken vor sich hinstarrte, ›Rebbe, darf ich Euch eine Frage stellen?‹

›Gewiss, mein Sohn‹, sagte er, ›fragte nur zu.‹

›Rebbe‹, sagte ich, ›Rebbe, alles war so wohlschmeckend heute Abend, warum habt Ihr dieses köstliche Essen verdorben, indem Ihr so viel Pfeffer und Salz darübergeschüttet habt?‹

›Ich dachte mir schon, dass du das fragen würdest‹, seufzte der Rebbe, ›das fragt mich jeder. Ich werde versuchen, es dir zu erklären. Höre. Nach den Heiligen Schriften muss an allen Dingen auf Erden etwas zu wünschen übrig bleiben. Ich trachte, nach der Lehre zu leben. Wenn mir ein Essen aufgetragen wird, das ganz nach meinem Geschmack ist, scheint es mir nötig, etwas hinzuzufügen, das die Speise für mich weniger schmackhaft macht, weil hier auf Erden nichts vollkommen sein darf. Kannst du das verstehen?‹

›Ja, Rebbe‹, sagte ich, ›ich verstehe es und danke Euch, weil Ihr mir die Lehre so deutlich vor Augen geführt habt, aber darf ich Euch noch etwas fragen?‹

›Gewiss‹, sagte der Rebbe. ›Frage nur, mein Sohn.‹

›Wie viel Salz und Pfeffer braucht Ihr für Eure Frau?‹«

Obwohl ich den Witz nicht verstand, hatte ich trotzdem viel Vergnügen an der Geschichte, weil unser Spielmann sie so gekonnt vortrug. Er konnte nach Belieben seine Gesichtsfarbe verändern. Wenn er in die Rolle des Rebben schlüpfte, wurde er sichtlich blasser, seine Augen bekamen einen grüblerischen, ernsten Ausdruck und sogar seine Hände schienen schmaler und länger zu werden, und wenn er von der Rebbetzin sprach, sahen wir in ihm, trotz seines stachligen Barts, die bezaubernde junge Frau.

Bevor er aufbrach, bedankte sich meine Großmutter bei ihm in unser aller Namen für die angenehme Gesellschaft und seine amüsante Unterhaltung.

Ein wehmütiges Lächeln erschien auf seinem mit einem Mal wieder ernsten, bleichen Gesicht.

»Ich bin froh und dankbar, wenn ich Sie mit meinen Liedern und Scherzen unterhalten konnte, und ich werde Ihnen auch sagen, warum. Ich bin nur ein armer Sünder, der oft vom Pfad der Tugend abweicht. Manchmal, wenn ich nachts nicht schlafen kann – denn ich schlafe jede Nacht in einem anderen Bett –, frage ich mich, wie es mir wohl später ergehen mag und was mich erwartet, nachdem mich der Engel des Todes geholt hat.

Einmal sprach ich darüber mit einem weisen Mann.

›Sei unbesorgt‹, sagte er, ›ein singender Narr wie du findet immer seinen Weg, auch in der künftigen Welt. Schon aus Eigennutz werden dir die Gerechten deine vielen Sünden kaum anlasten, denn auch dort wird es ohne die Sänger, die Narren und die Dichter genauso langweilig sein wie hier unten.‹«

III

Lucie erzählte später, sie sei, nur um mich kennenzulernen, an diesem Samstagmorgen in die Synagoge gekommen. Sonst ging sie nicht hin, und ihr unerwartetes Auftauchen hatte einiges Aufsehen erregt, obwohl sie sich ganz still in die letzte Bankreihe gesetzt hatte, um nicht aufzufallen.

Wenn ich bei Großmutter zu Besuch war, musste ich jede Woche mit ihr in die Synagoge. Hebräisch wurde damals noch nicht allgemein als lebende Sprache unterrichtet; so hatte ich es zwar lesen gelernt, vermochte aber dem Gottesdienst nicht zu folgen. Im Nu hatte ich den Faden verloren und schielte heimlich zu Großmutter; schlug sie eine Seite in ihrem Gebetbuch um, tat ich es ebenfalls in meinem. Dass mir der Gottesdienst endlos lang vorkam, hätte ich keinem einzugestehen gewagt, am allerwenigsten mir selbst, denn ich war sehr fromm.

Da die Geschlechter bei unserem Gottesdienst streng getrennt werden, stiegen wir eine hohe Treppe zur Frauenschul hinauf und nahmen hinter einem Gitter

Platz, das uns vor eventuell begehrlichen Blicken der Männer, die unter uns saßen, schützen sollte. Wenn ich mir die äußere Schönheit, die sich in unserer Abteilung eingefunden hatte, wieder vor Augen führe, glaube ich, dass sich diese schmachtenden Blicke mit oder ohne Gitter in Grenzen gehalten hätten.

Nach einer Weile musste ich zu allerlei Hilfsmitteln greifen, damit mir die Augen nicht zufielen. Zuerst suchte ich durch die Gitterstäbe in den Bänken der Männerschul nach meinen Onkeln und anderen Männern, die ich kannte. Sie hatten schlichte dunkle Anzüge an und schwarz-weiße Gebetsschals um ihre Schultern geschlagen. Auf dem Kopf trugen sie eine Kippa* oder eine Art schwarzen Filzhut, der später die Gunst und den Namen eines englischen Ministers erringen sollte.

Wenn ich alle Männer bis zum Überdruss studiert hatte, fing ich an, die Löcher in unserem Gitter zu zählen und danach die Zahl der Perückenträgerinnen unter meinen Mitbeterinnen. Noch ziemlich viele trugen unter ihren pompösen Schabbeshüten den vorgeschriebenen Scheitel* der verheirateten Jüdin. Der meiner Großmutter muss den anderen frommen Frauen ein Dorn im Auge gewesen sein, weil sie damit überaus geschickt ihre Eitelkeit mit der gebotenen Frömmigkeit verband. Sie ließ den Scheitel nämlich in Paris von einem berühmten Perückenkünstler flechten; aus seidigen bronzefarbenen Haaren, mit lauter Löckchen und Wellen, fröhlich glitzernden Kämmchen und Haarnadeln.

Unter der niedrigen Decke roch es nach alten Frauen, Kölnisch Wasser und leerem Magen, weil der Gottesdienst nüchtern zu sich genommen werden musste. Diesmal war mir von der abgestandenen Luft noch schwindliger als sonst, denn ich war inzwischen zwölf Jahre alt geworden, das Alter, in dem man eine Jüdin für reif hält, die Pflichten auf sich zu nehmen, die ihr der Glaube auferlegt, und Rosalba hatte mir zum ersten Mal das »Kinderhäppchen« vorenthalten.

»Das darfst du jetzt nicht mehr bekommen«, sagte sie, wie immer strenger in der Auslegung der Lehre als meine Großmutter, die vermutlich beide Augen zugedrückt und mir erlaubt hätte, ein paar Stück Sandkuchen wegzuputzen, obwohl ich inzwischen zu den erwachsenen Frauen zählte. Trotz der Angst, Gott würde mich mit seinem Blitzstrahl treffen, wenn Er es bemerkte, bin ich an diesem Morgen doch eingenickt. Ich schreckte, als der Gottesdienst zu Ende war, vom angeregten Schwatzen der anderen Frauen auf, die ebenfalls froh waren, dass sie nicht mehr stillsitzen mussten.

Oma Hofer drängelte sich mit einem frostigen Nicken an uns vorbei, und die Tanten kamen, um Großmutter abzuholen und hinauszubegleiten.

Wir gingen alle zusammen zu Großmutters Haus, wo Rosalba inzwischen ein deftiges Frühstück zubereitet hatte. Aber diesmal verlief alles ein bisschen anders als sonst, denn am Ausgang kam Fräulein Lucie Mardell auf mich zu, was eine heftige Erregung in den weiblichen

Reihen meiner Familie auslöste. Fräulein Mardell war viel vornehmer als wir, das heißt, als die Familie meiner Mutter. Die meines Vaters gehörte, wie er immer zu sagen pflegte, zum ältesten Adel.

Die Vorstellungen über Vornehmheit gingen in unserer Gemeinde ziemlich auseinander. Jede Nationengruppe hatte eine andere, über die sie herziehen konnte. Die Juden, die aus Deutschland kamen, genossen dieses Vergnügen hinsichtlich der Polen, während sich diese wieder über die »Olländer« erhaben fühlten, die ihrerseits alle anderen für einen Haufen Chaoten hielten, und so konnten alle zufrieden sein. Die »echten Belgier«, die schon seit einer Generation oder länger in der Stadt ansässig waren, würdigten keinen Sterblichen aus einer anderen Gruppe eines Blickes, außer ein paar feinen Leuten, die, ungeachtet ihrer Herkunft, allgemein verehrt und geschätzt wurden. Wie sie das zustande gebracht hatten, war meist nicht so einfach nachzuvollziehen, mit Bildung oder materiellem Wohlstand hatte es nichts zu tun. Gehörten sie jedoch erst einmal dazu, dann trugen die Glücklichen stolze Gesichter zur Schau, auf denen für Eingeweihte deutlich zu lesen stand: »Ich bin ein anerkannt feiner Mensch und für mich gelten die allgemeinen Vorurteile nicht.«

Lucies Vater gehörte bestimmt nicht zu den feinen Leuten, er war mürrisch und unnahbar. Außer meinem Vater, der in den goldenen Zeiten vor seiner Heirat mit Herrn Mardell befreundet gewesen war, hatte keiner meiner Verwandten je mehr von dem Haus zu sehen bekommen als das Erdgeschoss, in dem sein Büro untergebracht war. Lucie und ihr Vater waren so vornehm, dass sie mit keinem aus unserer Gemeinde Umgang hatten, und mit einem Mal, völlig unerwartet, sprach sie mich an. »Bist du das Mädchen, das so schön Klavier spielt?«, fragte sie, das spöttische Lächeln in den großen hellgrauen Augen und um die schmalen Lippen, das ich lieben und fürchten lernen sollte. Sie trug einen dunkelgrünen Mantel, und auf ihrem hellbraunen Haar saß eine kleine, graue Pelzmütze. Ich war ein Snob, wie die meisten Kinder. Ich genoss den kaum verhohlenen Neid und die Neugier meiner Großmutter und der Tanten. Lucie legte mir eine Hand auf die Schulter und trieb mich vor sich her auf die Straße. Großmutter war sichtlich hin- und hergerissen. Geschmeichelt vom Interesse, das das feine Fräulein mir schenkte, war sie zugleich verstimmt, dass es nur mir galt.

»Hör mal«, sagte Lucie leise. »Hast du dort«, mit einem herrischen Nicken in Richtung meiner Lieben, »ein gutes Instrument?«

»Kein allzu gutes, Fräulein Mardell«, gab ich, wahrheitsgemäß, zurück, denn die ganze Familie hatte auf diesem unglückseligen Pianino spielen gelernt – kein Wunder, dass es dadurch chronisch verstimmt war.

»Ich werde fragen, ob du bei uns üben darfst, wir haben einen sehr guten Steinway«, sagte Lucie. Mit einem Mal war sie sehr höflich und liebenswürdig zu jedem,

und im Nu erhielt sie von meiner sprachlosen Großmutter die gewünschte Erlaubnis.

»Ich will nicht, dass sie allein über die Straße geht«,
war ein letzter, schwacher Versuch des Widerstands.

»Ich werde meine Haushälterin schicken, oder ich
komme selbst, um sie abzuholen«, sagte Lucie. Sie nickte
allen bösen Gesichtern aufs Liebenswürdigste zu und zu
mir sagte sie: »Bis Montag, um zehn!« Auf dem Heimweg machte sich der aufgestaute Ärger Luft.

»Was für eine Chuzpe!«

»Was bildet die sich eigentlich ein?!«

»Das hättest du nie erlauben dürfen, Mama.«

»Uns alle keines Blickes würdigen, aber Gittel soll zu
ihr, zum Klavierspielen, und Gittel hat nicht mal Lust
hinzugehen, was, mein Kind? Zu diesem fürchterlichen
Frauenzimmer.«

»Es ist mir egal, wie fürchterlich sie ist, auf den Flügel
kommt es an«, sagte ich.

Am Montagmorgen wurde ich extrafein herausge-
putzt und bekam der Familienehre halber eine neue weiße Schleife ins Haar. Zur vereinbarten Zeit holte Lucie
mich ab. »Ich werde gut auf sie aufpassen«, lächelte sie
Großmutter allerliebst an, aber als wir aus dem Haus
waren, sagte sie: »Puh, ich habe gedacht, dass sie dir
noch in letzter Sekunde verbietet, mitzugehen.«

Das Haus der Mardells, das schönste in der Allee, lag
dem meiner Großmutter schräg gegenüber, zu meiner
Verwunderung gingen wir nicht gleich dorthin. »Wir

müssen den Ablauf der Zeremonie besprechen, die dich gleich erwartet«, sagte Lucie mit gespieltem Ernst. »Du wirst es bestimmt furchtbar finden, aber zuerst wirst du jedem im Haus vorgestellt, das geht nicht anders bei deinem ersten Besuch.« Sie zupfte ein bisschen an meiner Schleife. »Sag ehrlich: Du findest das furchtbar, stimmt's?«

Ich nickte, und ich glaube, damals begann ich sie anzubeten.

»Mein Vater möchte dich sehen, weil er deinen Vater gut kennt, aber das wird nicht lange dauern, denn er hat immer viel zu tun und ist von Natur kein großer Redner. Bei Bertha kommst du nicht so leicht weg. Bertha gehört mittlerweile zur Familie, so wie Rosalba bei euch.« Lucies Mutter war sehr jung gestorben, und Bertha liebte Lucie wie ihr eigenes Kind. »Und das ist manchmal ganz schrecklich, denn sie liegt mir ständig in den Ohren, dass ich heiraten soll, und dazu habe ich gar keine Lust.« Dann sollte ich noch Salvinia Natans, Menie Oberberg und Gabriel vorgestellt werden, die alle drei im Bankierskontor arbeiteten. »Salvinia und Menie sind frisch verlobt, Gott sei Dank, wir haben allerhand aushalten müssen, bis es endlich soweit war.«

Salvinia und Menie hatten drei Jahre lang im selben Kontor gearbeitet und waren die ganze Zeit sehr ineinander verliebt gewesen, ohne auch nur die geringste Andeutung zu wagen, bis Salvinia alle naselang in Ohnmacht zu fallen begann und Menie so gespenstisch abmagerte, dass es Lucies Vater zu viel wurde. Kurzerhand hatte er daraufhin bei Salvinia im Namen von Menie um ihre Hand angehalten, ohne Letzteren vorher zu fragen, ihr verzücktes Jawort danach dem Bräutigam in spe weitergegeben, und seither strahlten die beiden vor Glück.

»Und Gabriel?«

»Das ist der Lehrbursche«, sagte Lucie gleichgültig.

»Sobald du dich brav allen Leuten vorgestellt hast, musst du mir etwas vorspielen und danach gibt es eine Tasse Schokolade. Wenn es dir lieber ist, werde ich dich beim Üben in Ruhe lassen. Sonst würde ich mit einer Handarbeit bei dir sitzen bleiben, ich kann ganz still sein.« Aus Erfahrung wusste ich, was ich von diesem sogenannten Stillsein zu halten hatte, trotzdem sagte ich, so höflich ich konnte, meinetwegen müsse sie natürlich nicht weggehen. Lucie, die Schlaubergerin, hatte mich sofort durchschaut.

»Wie, du glaubst mir nicht?«, lachte sie. »Na, du wirst schon sehen.«

Wir überquerten die Straße und standen kurz darauf vor der hohen weißen Tür des großen Hauses. Eine dicke blonde Frau in weißem Hauskittel ließ uns ein, küsste mich auf beide Wangen und begann eine lange Geschichte über »den gnädigen Herrn, Ihren Papa«, den sie sehr zu mögen schien. Lucie zwinkerte mir zu und sagte: »Bertha, erzähl den Rest ein andermal, mein Vater erwartet uns.«

Sie klopfte an eine Tür, in die ein Schalterfenster eingebaut war, und ich folgte ihr in einen Raum, in dem zwei Männer und eine Frau an Schreibtischen saßen und, soweit ich das sehen konnte, eifrig endlose Zahlenreihen addierten. Salvinia, kurz, dick und dunkel, hatte eine Brille und keinen Hals. Den Blick auf Menie gerichtet, kniete sie neben mir und legte die Arme um mich. Menie war von diesem mütterlichen Getue so gerührt, dass er seine Brille abwischen musste und danach seinen fast kahlen Schädel. Salvinia sagte, sie hoffe, dass sie einmal sechs Töchter bekäme, und auch von ihr hatte ich einen Kuss zu erdulden. Danach schüttelte ich Menies schweißige Hand, und erst dann bekam ich Gabriel richtig zu Gesicht. Der Engel Gabriel in einem abgetragenen schwarzen Anzug mit speckigen Ärmeln.

Seine dunkelblauen Augen lachten mich aus einem so selten sympathischen Gesicht einnehmend an, dass ich ihn mit offenem Mund anstarrte. Er hatte kupferrote Haare, die glänzten, als ob ihn eine für gewöhnliche Erdenbewohner unsichtbare Sonne beschiene. Eine Locke fiel nachlässig über die hohe, helle Stirn auf eine seiner dunklen Brauen. Die Tintenflecke auf seinen Fingern konnten seine schönen schlanken Händen nicht verunzieren.

»Soll ich Ihrem Vater Bescheid geben, dass Sie da sind, Fräulein Mardell? Er ist, glaube ich, gerade frei.«

»Gern, Gabriel«, sagte Lucie und nickte ihm zu, und erst nachdem er das Zimmer verlassen hatte, sah ich, wie grau und unansehnlich es war, mit farblosen Holzvertäfelungen und dunklen Tapeten, als einziger Schmuck diente ein großer, mit allerlei Unleserlichem vollgekritzelter Bürokalender.

Gabriel kam wieder zurück und hielt uns höflich die Tür auf. Er war hoch aufgeschossen und hager, fast einen Kopf größer als Lucie, die mir, damals noch, für eine Frau zu groß schien. »Ich kann nicht einfach so bei meinem Vater hineinplatzen«, erklärte sie mir im Flur, »bei ihm sind oft sehr bedeutende Persönlichkeiten zu Besuch.« Sie klopfte an eine Tür, die aus erstarrtem Honig gemacht zu sein schien, und als eine freundliche Stimme »Komm ruhig herein« rief, sah ich zum ersten Mal Herrn Mardells Arbeitszimmer, das ich sehr merkwürdig fand, weil es dort außer einem Schreibtisch und drei Stühlen keine Möbel gab. Das untere Drittel der Wände war mit Bücherregalen vollgestellt, und darüber hingen Gemälde. An einem Schreibtisch aus derselben ausgefallenen Holzsorte wie die Tür saß Lucies Vater, ein großer, eleganter Herr mit hellbraunem, an den Schläfen ergrauendem Haar und einem dieser neutralen Gesichter, von dem die Gojim* sagen, sie hätten überhaupt nichts Jüdisches.

Als wir eintraten, erhob er sich und sagte ernst: »So, da haben wir also die Künstlerin. Wie geht es Ihrem Vater?«

Diese Frage stellte er mir bei jeder unserer Begegnungen. Für ihn existierten weder meine Mutter noch ihre

Familie. Ich dankte und antwortete, es gehe ihm gut, und fragte dann, ob ich mir die Bilder ansehen dürfe.

»Sicher, gern. Aber anschließend müssen Sie mir sagen, was Sie davon halten.«

Herr Mardell sollte mich immer behandeln, als wäre ich schon Ende sechzig. Hier gab es keine Gemälde wie sie bei Großmutter hingen. Die hier fand ich sehr komisch, vor allem eines, auf dem eine lila Dame mit einem grünen Bauch zu sehen war. Von den meisten anderen konnte ich nicht erkennen, was sie darstellten, was weniger schlimm war. »Nun«, räusperte sich Herr Mardell, nachdem ich alle betrachtet hatte, »was meinen Sie dazu?«

»Mein Vater sagt, Sie wüssten, was schön ist, lange bevor andere Menschen es wissen«, sagte ich, »also werden diese Bilder bestimmt einmal schön werden.«

»Aber Sie sehen es ihnen jetzt noch nicht an?«, fragte er. Nein, das sah ich nicht, und ich fand es albern, so zu tun als ob.

»Gibt es denn gar kein Bild, das Ihre Zustimmung finden kann?«

Ich zeigte auf ein Gemälde mit einem niedrigen weißen Haus an einem Wasserlauf, umgeben von Bäumen, gemalt an einem nebligen Herbstnachmittag. Ein einziger greller Streifen Orange zeigte leuchtend die Bahn an, entlang der die Sonne untergegangen war. »Dieses Oktoberhaus.«

Lucie lachte: »Du Dummrian, warum ›Oktoberhaus‹?«

»Es ist Oktober«, sagte ich naseweis, »man kann es riechen, dass sie am Nachmittag im Garten Blätter verbrannt haben«, und Herr Mardell fragte, warum es mir gefiele.

»Weil es so ein glückliches Haus ist, dass es den Menschen, die darin wohnen, nichts ausmacht, ob es draußen kalt und dunkel ist«, stammelte ich, mit einem Mal sehr verlegen, weil Lucie mich für ein dummes Ding hielt.

»Dann ab nach oben«, sagte sie, »sonst heißt es gleich, ich wäre schuld daran, dass du nicht genug hast üben können.« Sie zwinkerte mir erneut zu, und alles war wieder gut zwischen uns. Als ich mich verabschiedete, sagte Herr Mardell, dass er auch gern kurz zuhören wolle. »Sofern Sie nichts dagegen haben.«

An diesem ersten Morgen sah ich nichts in dem Zimmer, in das wir gingen, außer dem Steinway. Es gibt nur wenige Klaviere mit einer Seele, und zu diesen herrlichen Ausnahmen gehörte der Flügel der Mardells. Lucies Vater leistete uns nicht lange Gesellschaft, er sagte, dass ich zum Spielen kommen könne, wann immer ich wolle, auch nachmittags. Das Haus habe so viele Zimmer, dass ich niemand stören würde.

Lucie hielt Wort. Sie war mucksmäuschenstill mit einer Stickerei beschäftigt, sodass ich ungestört mein Glück genießen konnte. Um zwölf Uhr legte sie ihre Handarbeit zusammen und sagte, sie werde mich jetzt nach Hause bringen. »Was meinst du? Möchtest du

58

morgen gern wiederkommen?«, fragte sie schelmisch. Mir fiel keine prompte Antwort ein.

Bei Großmutter stand mir ein wahres Kreuzverhör bevor, aber ich schwieg mich aus.

Am nächsten Morgen hing »das Oktoberhaus« neben dem Flügel.

»Mein Vater meinte, dass es so lange hier hängen darf, wie du zum Spielen herkommst«, sagte Lucie, »das ist eine große Ehre. Er hat noch nie eines seiner Bilder ausgeliehen.«

Nach einer Woche war ich Lucies Sklavin.

Wenn mich jemand daran erinnert hätte, dass ich sie bei unserer ersten Begegnung im Stillen ein langes Laster genannt hatte, hätte ich dem nun entrüstet widersprochen. Sie hatte mir sofort angeboten, sie beim Vornamen zu nennen, und ich rollte ihn im Mund hin und her wie ein Bonbon. Für mich lag ihr großer Zauber vor allem darin, dass sie ganz anders war als alle Frauen, die ich kannte. Sie sprach wenig, lachte nicht viel und schien unter keinerlei Selbstzweifeln zu leiden.

Sie trug Kleider und Farben, weil sie ihr standen, nicht, weil sie zufällig modern waren. In einer Zeit, in der alle weiblichen Wesen männlich kurze Haare und ausrasierte Nacken hatten, trug sie ihr Haar lang, mit einem Scheitel in der Mitte und einem weichen kleinen Knoten im Nacken, und ich war froh, dass meine Mutter mir verboten hatte, meine Haare abschneiden zu lassen, als ich sie darum angefleht hatte.

Aber leider war meins nicht dunkelblond und lockig, sondern glatt und schwarz wie Ruß. Ich fragte meine Großmutter, ob sie je gehört habe, dass jemand plötzlich eine andere Haarfarbe bekam. Soweit ihr bekannt, sagte sie, sei das nur dem Grafen von Monte Christo passiert, nachdem er eine Nacht in der Gesellschaft einiger Leichen in einer Höhle verbracht hatte; so weit wollte ich dann doch nicht gehen.

Das Haus der Mardells war solide gebaut. Das Klappern der von Menie und Salvinia bespielten Schreibmaschinen drang nicht bis in das Zimmer im ersten Stock, wo der Flügel stand. Es kostete immer Mühe, dem verliebten Paar auf meinem Weg nach oben zu entwischen. Sie zeigten sich gegenseitig allzu gern, wie nett sie mit Kindern umgehen konnten. Berthas Redseligkeit entkam man nicht; gelang es mir gelegentlich an der Haustür, wenn sie mich einließ, dann musste ich ihren Wortschwall später über mich ergehen lassen, wenn sie den Kaffee servierte.

Lucie blieb längst nicht immer bei mir, wenn ich Klavier spielte. Sie ging einkaufen oder besuchte ihre Freundinnen, und dann machte Herr Mardell die Honneurs, indem er morgens den Kaffee oder nachmittags den Tee mit mir trank.

Mitunter bat er mich, ihm etwas vorzuspielen, und wenn er Zeit hatte, nahm er mich in sein Arbeitszimmer mit, wo er, mit großer Geduld, immer wieder versuchte, mich seine Gemälde sehen zu lehren, wie er es nannte.

Er erlaubte mir nicht, seine Worte nachzuplappern. Er habe nicht das Bedürfnis, sein eigenes Urteil in einer irgendwie abgewandelten Form wiederzuhören, spöttelte er, obwohl es ihm natürlich schmeichle, dass ich alles, was er sagte, so gut behielt.

»Haben Sie den Mut zu schweigen, wenn Sie nichts zu sagen haben, dann werden Sie später ein Stück weit weniger langweilig sein als die meisten Ihrer Geschlechtsgenossinnen.« Und er fuhr unverdrossen fort, mir sachkundig seine Sammlung zu erklären, und allmählich bekam ich einen Blick dafür. Einmal, als wir nach solch einer Führung in seinem Zimmer saßen, fragte er plötzlich, was mich dazu bringe, das schwere Leben einer Konzertpianistin zu wählen.

Weil ich mir nichts Herrlicheres vorstellen könne, als immer musizieren zu dürfen.

»Gewiss, aber davon zu leben ist kein Zuckerschlecken.«

Er wiederholte seine Frage, und ich sagte ihm, ein Herr sei einmal zu uns gekommen und habe Klavier gespielt, nachdem mein kleiner Cousin gestorben war.

»Das Kind von Jankel Hofer?«

»Ja … Aron.« Zum ersten Mal begriff ich, wie schwierig es ist, etwas in Worten auszudrücken. Ich konnte Herrn Mardell nicht erzählen, wie sehr ich Aron gemocht hatte.

»Niemand hatte mir gesagt, dass er krank ist, und als ich eines Tages meine Mutter gefragt habe, ob ich wieder einmal mit ihm spielen darf, hat sie gesagt, dass ich es keinem weitersagen darf, aber er sei sehr unartig gewesen und deshalb für ein halbes Jahr auf ein Internat nach England geschickt worden. Mit fünf Jahren kommt einem ein halbes Jahr sehr lang vor.«

»Ja«, sagte Herr Mardell, »später werden die Jahre kürzer und die Stunden länger.«

Er ließ mich nicht lange schweigen und fragte, was ich nach dieser Auskunft getan habe.

»Nachmittags bin ich zu meiner besten Freundin gegangen.«

»Ist die auch so alt wie Lucie«, fragte er, und darüber musste ich schrecklich lachen. »Oh nein, sie ist zwei Jahre jünger als ich, aber sehr klug. Viel klüger als ich. Damals auch schon, komisch, nicht? Wir sind noch immer Freundinnen ... wir gehen zusammen zur Schule, und ...« Aber Herr Mardell ließ mich nicht entkommen.

»Warum sind Sie an diesem Nachmittag zu der klugen Freundin gegangen?«

»Weil ich wissen wollte, wann Aron wieder zurückkommt. Meine Mutter hatte gesagt: ›Genau in einem halben Jahr‹. Mili, das ist meine Freundin, hat ein Kinderfräulein. Die habe ich damals gefragt«, und das war noch ein ziemliches Theater gewesen. Musste ich das alles erzählen? Herr Mardell bejahte.

»Mili hat gerade mit dem Fräulein Lotto gespielt, als ich hereinkam. Mili kann Lotto spielen wie der Teufel, sie gewinnt immer. Das Fräulein hat zwar so getan, als würde sie sie gewinnen lassen, aber nichts da. Mili hat wirklich gewonnen. Ich habe mich dazugesetzt, um ein bisschen mitzumachen, und dann habe ich das Fräulein gefragt: ›Was ist heute und ein halbes Jahr?‹, und sie sagte: ›Was soll denn der Blödsinn?‹«

Das Fräulein mochte mich nicht. Sie war so vernarrt in Mili, dass sie es mir richtiggehend übel nahm, dass ich besser Klavier spielen konnte als ihr Liebling. Mili war mir in allem anderen überlegen, und auch das hätte sie bestimmt besser gemacht, aber sie interessierte sich nicht für Musik.

»Mili half mir: ›Sag doch, was du genau meinst!‹«

»Das war wirklich klug«, lobte Herr Mardell.

»Ja, so ist sie, und dann habe ich gesagt: ›Wenn ich Geburtstag habe, ist der elfte März. Wann ist heute in einem halben Jahr?‹ Das Fräulein sagte: ›Oh, du kennst die Monate noch nicht. Na los, Mili!‹ Und Mili zählte die Monate des Jahres auf.«

Sie rutschte von ihrem Stuhl und stellte sich in Vortragspositur, Hände auf dem Rücken, das linke Bein nach vorn. Für so ein kleines Persönchen hatte sie eine unerwartet tiefe Stimme.

»›Jan-waar‹, sagte Mili, ›Fee-wraar‹, ›MÄÄRZ‹ und dann in einem Atemzug, ein ganz langes Wort: ›Junijuligustembertobervembersember.‹«

Herr Mardell warf ein, dass mir das wohl nicht weitergeholfen habe. »Nein, aber schließlich hat das Fräulein doch die richtige Antwort gegeben: ›Heute und ein halbes Jahr ist der sechste Mai‹ – erklären Sie mir jetzt wieder, wie man die Gemälde betrachten soll?«

»Ein andermal«, sagte Herr Mardell, »was geschah am 6. Mai?«

»Ich bin zu meiner Mutter gegangen und habe gefragt, ob ich Aron vom Zug abholen darf.« Da war sie so blass geworden, dass der Puder auf ihrer Nase und der Stirn fast orange aussah und ihre dunklen Augen mich erschreckt und verstört anstarrten.

»Nachdem sie begriffen hatte, wovon ich redete, hat meine Mutter gesagt, dass Aron jetzt für zehn Jahre in Amerika ist, dass ich ihm aber auf keinen Fall schreiben und mit niemandem darüber reden darf, weil er wieder so unartig gewesen war. Ich habe mit niemandem darüber gesprochen, aber einmal habe ich auf der Straße vor Tante Nellas Haus einen Nachbarjungen getroffen, nachdem ich mit Arons kleinem Bruder gespielt hatte. Der Nachbarjunge fragte: ›Hast du mit dem Brüderchen von dem Jungen gespielt, der letztes Jahr gestorben ist?‹«

Herr Mardell sagte nichts, aber weil er an seinem Schreibtisch saß, nahm er seinen Brieföffner und betrachtete ihn aufmerksam.

»Aron war nicht unartig.«

Ich brauchte Herrn Mardell nicht zu erzählen, dass ich ein paar Tage im Bett geblieben war und keinen Bissen essen wollte. Dass meine Mutter mir nicht die Wahrheit hatte sagen wollen, konnte ich gut verstehen. Sie hatte mir Kummer ersparen wollen, aber sie hätte mir nicht einreden dürfen, dass Aron unartig gewesen war.

»Ein paar Tage später kam dieser Herr zu Besuch, der Klavier spielte, Monsieur Ercole.«

»Was, der?«, sagte Herr Mardell ungläubig. »Ich habe ihn auch gekannt, früher, ich dachte, dass er schon seit Jahren ... enfin, sprich weiter.«

Monsieur Ercole trug ein weites, dunkles Cape und hatte einen großen schwarzen Schlapphut auf seinen wirren weißen Haaren. Er kam in Begleitung einer stämmigen blonden Dame in einem dunkelblauen Regenmantel. Sie versicherte meinem Vater, dass es Monsieur Ercole im Moment recht gut gehe, er dürfe sicher bald nach Hause, und sie werde ihn in ein paar Stunden dann wieder abholen.

Ohne Cape und Hut war Monsieur Ercole nur ein ganz kleines, hageres Männchen, doch er hatte Zauberhände.

»Er hat sich ans Klavier gesetzt und gespielt ... ich habe nicht gewusst, dass es so etwas Schönes überhaupt gibt.«

Herr Mardell sagte, er könne sich nicht vorstellen, dass damals im Haus meines Vaters zum ersten Mal Klavier gespielt wurde.

»Nein, sicher nicht, es kommen oft Leute, die für uns spielen, aber das war ganz anders, das Stück war wie ... jetzt dürfen Sie mich nicht auslachen ...«

»Ich lache nicht so schnell jemanden aus.«

»Es war wie ein Garten im Sonnenschein, mit Wasserfällen und Schmetterlingen.«

»Was hat er gespielt?«

»Chopins erstes Impromptu. Ich habe ihn gebeten, es immer wieder zu spielen, und das hat er auch getan, und danach hat er mit uns gegessen, und dann ist etwas Schreckliches passiert.«

»Das habe ich mir schon gedacht«, sagte Herr Mardell.

»Es war meine Schuld. Ich habe ihn gefragt, wann wir ein Konzert von ihm hören könnten. Er hat gesagt, dass er kein Konzertpianist sei und nur ab und zu für gute Freunde spiele, und dann fing er fürchterlich zu toben an, er lief purpurrot an und der Schaum stand ihm vor dem Mund.«

»Der arme Kerl ist total verrückt«, sagte Herr Mardell, »er denkt, seine Feinde hätten ihn einsperren lassen, um ein Buch, das er meint geschrieben zu haben, unter ihrem Namen herausbringen zu können.«

»Es war ganz schrecklich, und mein Vater musste die Anstalt anrufen. Als die Pflegerin kam, um ihn abzuholen, lag Monsieur Ercole zappelnd auf dem Boden, und sie hat gesagt, jetzt dürfe er wahrscheinlich nicht nach Hause, und das war alles meine Schuld.«

Darauf sagte Herr Mardell etwas sehr Komisches; dass ich mich davor hüten solle, eine törichte Jungfrau zu werden. Ich habe kein Wort verstanden, und das hat er gesehen.

»Der Tod gehört zum Leben«, sagte er, »und er ist vielleicht der beste Teil. Es gibt keine Freude ohne Leid. Sie sind genauso untrennbar wie Sonne und Schatten.« Ich hätte zu jung etwas schrecklich Trauriges erlebt und wollte nun davor in die Musik flüchten. Und wenn ich nicht aufpasste, würde ich später Schmerz oder Freude nicht mutig entgegentreten können und stünde mit leeren Händen da wie die törichten Jungfrauen, die ihr ganzes Öl aufgebraucht hatten. Er lachte auf: »Die Schriftgelehrten würden den Kopf schütteln, wenn sie mich hören könnten. Ich werde Ihnen das Gleichnis vorlesen.«

Während er die Stelle im Neuen Testament suchte, die immer auf seinem Schreibtisch lag, musste er mir erst erklären, was ein Gleichnis ist.

Danach lauschte ich gebannt seiner ruhigen Stimme, die wunderliche Worte vorlas.

»Aber fünf von ihnen waren töricht und fünf waren klug. Die törichten nahmen ihre Lampen, aber sie nahmen kein Öl mit. Die klugen aber nahmen Öl mit in ihren Gefäßen, samt ihren Lampen.

Als nun der Bräutigam lange ausblieb, wurden sie alle schläfrig und schliefen ein. Um Mitternacht aber erhob sich lautes Rufen: Siehe, der Bräutigam kommt! Geht hinaus, ihm entgegen!

Da standen diese Jungfrauen alle auf und machten ihre Lampen fertig. Die törichten aber sprachen zu den klugen: Gebt uns von eurem Öl, denn unsre Lampen verlöschen. Da antworteten die klugen und sprachen: Nein, sonst würde es für uns und euch nicht genug sein; geht hin zu den Krämern und kauft für euch selbst.

Und als sie hingingen zu kaufen, kam der Bräutigam; und die bereit waren, gingen mit ihm hinein zur Hochzeit, und die Tür ward verschlossen. Später kamen auch die andern Jungfrauen und sprachen: Herr, Herr, tu uns auf! Er antwortete aber und sprach: Wahrlich, ich sage euch: Ich kenne euch nicht.«

»Die sind aber gemein«, sagte ich, »die klugen Jungfrauen, warum haben sie den armen Mädchen nicht ein bisschen Öl geliehen? Gemein waren die. Dann bin ich doch lieber eine törichte Jungfrau.«

»Den anderen ergeht es besser in der Welt«, fand Herr Mardell. Er sah auf. »Sagen Sie Lucie nichts davon, sie wird böse mit mir sein, weil ich Sie traurig gemacht habe«, sagte er mit einem schuldbewussten Lachen, »ich hätte nicht so viel nach Aron fragen sollen.« Obwohl Herr Mardell mir meist vernünftiger vorkam als andere Erwachsene, wusste ich doch, dass es keinen Sinn hatte, ihm zu erklären, dass ich dieses Mal nicht wegen Aron traurig war, sondern wegen dieser schrecklichen Sätze: Die Tür ward verschlossen; ich kenne euch nicht.

»Ich geh mal wieder ein bisschen Klavier spielen«, sagte ich.

IV

»Reisen hat mir schon immer gefallen«, sagte ich eines Morgens zu Lucie, »es ist toll, in einem Zug zu sitzen, aber jetzt bin ich zum ersten Mal froh, irgendwo angekommen zu sein.«

Sie seufzte. »Ach, bist du wieder kompliziert und schwierig.«

Ich hatte öfter versucht, ihr behutsam anzudeuten, wie herrlich ich es fand, mit ihr in dem ruhigen Zimmer, wo der Flügel stand, zusammen sein zu dürfen, aber es klappte einfach nicht. Irgendwann gab ich es auf, vielleicht wollte sie es nicht begreifen, und nichts wäre schlimmer, als sie zu langweilen. Man stelle sich vor, sie würde plötzlich sagen: Komm lieber nicht mehr. Oder: Es kommt ein anderes Kind zum Klavierspielen. Oder: Ich habe keine Zeit mehr für dich.

Offenbar gab es zwei Sorten Menschen auf der Welt: die normalen, mit denen man reden konnte, und die seltenen, denen man nur zuhören durfte. Nicht, dass Lucie gesprächig war. Meist beugte sie ihren Blondschopf über eine Handarbeit und plauderte eigentlich nur mit mir, wenn Bertha den Kaffee brachte oder wenn ihr Vater dabei war. Ihn hatte ich, nachdem wir uns über kluge und törichte Jungfrauen uneins gewesen waren, einige Tage nicht gesehen. An diesem Morgen kam er wieder einmal nach oben, und wir taten so, als sei nichts geschehen. Mit ihm fiel es mir leicht, ins Gespräch zu kommen, und so berichtete ich ihm, dass mir gleich am nächsten Tag etwas Komisches aufgefallen sei. Bei meiner Großmutter sei eine Dame zu Besuch gewesen. Sie fragte mich, wie jeder, wie mir Antwerpen gefiele, und ich hatte wie immer geantwortet, dass es eine schöne Stadt sei, und während ich das sagte, ging mir mit einem Mal auf, dass ich nichts von der Stadt kenne außer ein paar Zimmern in ein paar Häusern, und das ist doch zu verrückt, wo ich doch schon so oft hier gewesen bin.

Nachdem er mich mit seiner üblichen Höflichkeit hatte ausreden lassen, sagte Herr Mardell: »Wenn ich Sie richtig verstehe, möchten Sie endlich einmal etwas von der Stadt sehen. Nun, dafür haben wir einen Fachmann im Haus. Gabriel. Dieser Junge weiß einfach alles über Antwerpen. Ich werde ihn bitten heraufzukommen.« Lucie sagte, dass *sie* ihn kurz holen ginge, und während ihrer Abwesenheit erzählte Herr Mardell, dass Gabriel in vielerlei Hinsicht außerordentlich begabt sei. »Wo er das herhat, weiß der Himmel, von seinen Eltern bestimmt nicht. In der Gosse geboren und aufgewachsen auf dem Misthaufen.«

Gabriel kam schüchtern herein.

»Setz dich, Gabriel«, sagte Herr Mardell. »Wir haben ein ernstes Problem. Unsere junge Freundin hier ist zu der Entdeckung gekommen, dass sie, obwohl sie schon häufig hier gewesen ist, gar nichts über unsere gute Stadt weiß, in der sie, wenn ich mich nicht täusche, sogar geboren ist.« Das konnte ich bejahen. »Nun sind wir uns darin einig, dass dieser Zustand nicht länger andauern kann, deshalb habe ich dich rufen lassen, damit du für sie aufschreibst, welche Gebäude sie sehen muss.«

Gabriel errötete vor Freude.

»Ach Kind, die Stadt ist so herrlich, mit so viel Schönem, angefangen mit ...«

Ich fiel ihm ins Wort. »Ich fände es sehr gut, Gabriel, wenn Sie mir eine kleine Liste machen könnten, aber es hat keine Eile, ich darf doch nicht allein ausgehen, und alle haben immer viel zu viel zu tun, um mich zu begleiten.«

»Dann komm ich mit dir«, warf Lucie flink ein, »frag zu Hause, ob du am Sonntagnachmittag mit mir spazieren gehen darfst, und wenn Gabriel Zeit und Lust hat, kommt er vielleicht einmal mit, um alles zu erklären. Ich möchte auch gern ein bisschen mehr über die Stadt erfahren. Wie kommt es eigentlich, Gabriel, dass du so viel darüber weißt?«

»Wenn man etwas liebt«, sagte Gabriel errötend, »will man alles darüber wissen. Ich lese jede Woche ein Buch über Antwerpen, Sie wären erstaunt, Fräulein Mardell, wie viel darüber geschrieben wurde, schon immer.«

»Aber wie kommst du an all die teuren Bücher?«,
fragte Lucie.

»Es gibt noch so etwas wie eine Bibliothek, liebes
Kind«, bemerkte Herr Mardell.

»Davon habe ich auch schon gehört«, gab Lucie gereizt zurück, »aber bis Gabriel hier mit der Arbeit fertig
ist, hat sie schon längst geschlossen.«

»Ja, das stimmt, Fräulein Mardell, aber in der Bibliothek gibt es eine freundliche junge Dame, die für mich
die Bücher aussucht und mit zu sich nach Hause nimmt.
Dort kann ich sie dann am Abend abholen und zurückbringen, sobald ich sie ausgelesen habe.«

»Das ist eigentlich Unsinn«, meinte Lucie, »wo ich so
viel Zeit habe. Von jetzt an, wenn Gittel und ich sozu-
sagen deine Schülerinnen werden, bestehe ich darauf,
die Bücher für dich zu holen.«

»Das wäre ganz besonders freundlich von Ihnen,
Fräulein Mardell, aber ich wage es kaum anzunehmen.«

Herr Mardell erhob sich und strich Gabriel übers
Haar. »Ich würde das ruhig tun, mein Junge«, sagte er,
»meine Tochter weiß sowieso nicht, was sie mit ihrer
Zeit anfangen soll. Guten Tag, meine Damen, wir gehen
wieder an die Arbeit.« Als sie das Zimmer verließen,
hatte er einen Arm locker um Gabriels Schultern gelegt.

»Dein Vater hat viel für Gabriel übrig, nicht wahr?«

»Oh ja«, sagte Lucie, »er mag ihn wirklich. Gabriel
scheint großes Talent fürs Geschäftliche zu haben. Aber
geh jetzt mal wieder spielen.«

Es kostete mich einige Überredungskünste, bis ich die Erlaubnis bekam, am Sonntagnachmittag mit Lucie spazieren zu gehen. Mir schien es vernünftiger zu verschweigen, dass Gabriel mit von der Partie sein sollte. Meine Mutter hätte es mir ganz bestimmt verboten, und Großmutter wäre wie immer, wenn es um die Mardells ging, im Zwiespalt gewesen. Rosalba, die treu Partei für mich ergriff, gab den Ausschlag. »Ach, lasst sie doch«, sagte sie, »für sie ist es hier eigentlich ziemlich langweilig. Fredie und Charlie sind zu alt und die anderen Kinder viel zu jung für sie. Sie ist überall so ein bisschen das fünfte Rad am Wagen und von dem feinen Fräulein Mardell wird sie bestimmt nichts Schlechtes lernen.« Meine Mutter sagte, dass sie nicht begreifen könne, was ich an so einer alten Schachtel fand. »Wie alt ist sie noch mal? Sie könnte deine Mutter sein.« Ja, sie war tatsächlich hochbetagt, neunundzwanzig, und das machte ihre Freundschaft für mich noch kostbarer, doch das brauchte keiner zu wissen.

Als mich Lucie am Sonntag abholen kam, schmierte sie meiner Großmutter zuerst wieder fünf Minuten Honig um den Mund, und sobald die Haustür hinter uns zugefallen war, eilten wir zur nächsten Seitenstraße, wo Gabriel auf uns wartete. Er besaß nur einen Anzug, den schwarzen, den er im Büro trug, aber für den Spaziergang hatte er sich einen Strohhut angeschafft und eine grüne Fliege angelegt.

»Oh, Gabriel«, sagte Lucie, noch bevor ich ihn begrüßen konnte, »setz das grässliche Ding ab. Wie kommst
du bloß auf so eine verrückte Idee? Der Hut ist ab-
scheu-lich.« Er wurde rot, warf das unselige Hütchen
auf die Straße und weigerte sich hartnäckig, es wieder
aufzuheben. »Ist der Schlips auch verkehrt?«, fragte er.
Lucie legte den Kopf schräg und musterte das Mons-
trum mit halb zusammengekniffenen Augen.

»Zu grün«, urteilte sie schließlich, »aber wirf ihn jetzt
bitte nicht weg, sonst traue ich mich nie mehr, dir etwas
zu sagen.« Darüber mussten sie dann lachen, bis ihnen
die Tränen kamen.

Lucie sagte, sie habe ein bisschen Schokolade für mich
dabei, und ich begriff und bewunderte ihren Takt. Sie
wusste, dass ich von Rosalba wie eine Mastgans voll-
gestopft wurde, bevor ich ausging, damit ich, um der Familienehre willen, nicht imstande wäre, anderswo auch
nur den kleinsten Bissen hinunterzuwürgen.

Nachdem ich den Riegel abgelehnt hatte, konnte Lucie Gabriel bitten, sich ihrer zu erbarmen, ohne seinen
Stolz zu verletzen. Er verschlang die Schokolade; er sei
immer hungrig, sagte er.

»Das kommt, weil du noch im Wachsen bist«, neckte
Lucie, und Gabriel gab zurück, dass ein dreiundzwanzig-
jähriger Mann nicht mehr wachse.

»Lasst uns zuerst zur Kathedrale gehen«, schlug er
vor. »Warst du schon mal drinnen, Gittel?« Ich war nir-
gendwo gewesen.

Gabriel behauptete, dass Unsere Liebe Frau von Antwerpen die schönste Madonnenfigur der ganzen Welt sei, und Lucie fragte ihn, woher er das wissen könne, denn er habe ja keine fremden Länder besucht. Gabriel antwortete, er habe Bildtafeln von anderen Madonnen gesehen und deren Gesichter seien süßlich und langweilig, verglichen mit dem geheimnisvollen, strengen Antlitz der »unseren«.

»Es ist nicht unsere«, sagte Lucie, »wir sind nicht katholisch.«

Aber laut Gabriel gehörte sie jedem, der in Antwerpen geboren war. Darüber hätten sie bestimmt weitergeplänkelt, wenn er nicht gleich darauf erzählt hätte, dass er es einem betrüblichen Unglücksfall verdanke, hier auf die Welt gekommen zu sein. Seine Familie war auf dem Weg nach Kanada in einem Überseeheim im Hafen untergebracht gewesen, und als sein Vater eines Tages losging, um ein bisschen Essen zu kaufen, wurde er von einer Bierkutsche überfahren. »Er war auf der Stelle tot und durch den Schreck bin ich zwei Monate zu früh gekommen. Meine Mutter wollte danach nicht mehr nach Kanada, und wie sie es geschafft hat, hierbleiben zu dürfen, verstehe ich noch immer nicht.« Er seufzte. »Meine Mutter ist eine sehr tapfere Frau. Sie hat meine Schwestern und mich alleine großgezogen, und sie schuftet sich noch immer krumm und bucklig für uns. Sie kann es nicht lassen, obwohl es nicht mehr nötig ist, denn meine Schwestern sind verheiratet und ich habe eine gute Stelle.«

»Unsinn«, sagte Lucie, »ich finde immer, dass mein Vater dir viel zu wenig zahlt, und nicht nur dir. Auch Salvinia und Menie. Bei dem Hungerlohn können die armen Teufel ewig verlobt bleiben. Ich werde ihm wohl mal sagen müssen, wie es ist.«

Gabriel beschwor sie, sich nicht einzumischen: »Er lehrt uns, selbstständig zu denken und zu handeln. Wer zwei Jahre unter seiner Leitung gearbeitet hat, lernt mehr vom Fach als bei den großen Banken in zehn Jahren.«

Lucie zuckte mit den Schultern.

Es war mildes Frühlingswetter, und in den sonntäglich stillen Straßen trabten unsere Schatten auf dem holprigen Pflaster eifrig vor uns her. Wir gingen auf der Fahrbahn, damit Gabriel uns die Gebäude, die er für wichtig hielt, besser zeigen konnte, und mir tat Lucie leid. Sie war stolz auf ihre kleinen, schmalen Füße und trug immer elegante Schühchen mit hohen Absätzen, in denen ihre zarten Knöchel und der hohe Spann gut zur Geltung kamen; sicher nicht das geeignete Schuhwerk, um den berüchtigten Katzenköpfen zu trotzen. Zweifellos litt sie insgeheim, aber sie ließ sich nichts anmerken.

Der Turm der Kathedrale war nicht zu sehen, eingesponnen in ein Netz von Gerüsten.

Gabriel nahm uns zuerst mit zu dem grauen Metsijs-Brunnen neben der Kirche, dessen Schmiedearbeiten, meinte er, zu den schönsten der Welt zählten.

»Die Liebe machte den Schmied zum Maler«, entzifferte Lucie die in den Stein des Brunnens gemeißelten Buchstaben. »Was wird die Liebe aus dir machen, Gabriel?«

»Einen Narren«, sagte er, »und das ist übrigens schon längst passiert«, und der Blick, mit dem er sie aus seinen blauen Augen ansah, war so böse und hart, dass ich erschrak. Was bildete sich dieser Bengel ein, Lucie so garstig anzusehen, dabei war Lucie so lieb und lächelte nur darüber. »Du redest eine Menge dummes Zeug. Das schon«, sagte sie.

Gabriel sah zu Boden, das Sonnenlicht schlug Funken auf seinen rotblonden Haaren, und seine dunklen Wimpern waren so übertrieben lang, dass sie Schatten wie kleine Fächer auf seine hageren Wangen warfen.

»Von einem Touristenführer wird erwartet, dass er eine Menge Unsinn erzählt. Das gehört zu seinem Beruf«, sagte er unwirsch, »aber ich werde dafür sorgen, dass Sie nicht mehr zu klagen haben.«

Er wies uns, nachdem wir die Kirche betreten hatten, auf einen langen, schmalen, schräg über die Steinplatten eingelassenen Kupferstreifen hin. »So etwas heißt ›Meridian‹. Punkt zwölf Uhr mittags trifft ihn ein Sonnenstrahl durch eine Öffnung in diesem Fenster.« Er zeigte uns das Loch im Fenster, und ich war ganz beeindruckt von so viel Wissen. Gabriel sagte, dass es das Schicksal gut mit uns meine, denn vor dem Rubens-Triptychon mit der Kreuzabnahme waren die Vorhänge beiseitegezogen, und das sei längst nicht immer der Fall.

»Jetzt sagst du bestimmt, dass es das schönste Triptychon der Welt ist, nicht wahr, Gabriel«, neckte ihn Lucie im Flüsterton.

»Das sage ich nicht nur, das weiß jeder, der ein bisschen Ahnung von Malerei hat«, zischelte er aufgebracht zurück. Die Farben, sagte er, würden wie kostbare Edelsteine funkeln, und ich fühlte mich ganz schlecht, weil sich mir die Schönheit dieses mächtigen Werks nicht offenbaren wollte.

Die Kathedrale war leer bis auf ein paar Schaulustige und die trauertragenden, betenden Frauen, die zu jeder Zeit in jeder Kirche zu finden sind. Die Liebe Frau von Antwerpen trug ein blaues, mit unzähligen kleinen Perlen besticktes Brokatkleid, und das Christuskind auf ihrem Arm hatte eine silberne Krone auf, die nicht viel kleiner war als der Kopf des Kindes.

»Und das Einzige, woran man sich später von all der Pracht erinnert«, flüsterte Gabriel, »ist das bleiche, geheimnisvolle Gesicht der Jungfrau Maria.«

Lucie fand den Blick Unser Lieben Frau von Antwerpen zu streng, und Gabriel, der alles über diese Kirche zu wissen schien, sagte: »Ja, sie ist streng, sie ist nicht mit einem Gebet zufrieden, das nur mit den Lippen gemurmelt wird: Für sie müssen die Worte aus dem Herzen kommen.« Worauf Lucie flüsterte, er sei doch ein richtig komischer Kauz.

Ich war froh, als wir wieder draußen durch die sonnigen Straßen gingen, der Weihrauchduft und die heilige

Stille unter den hohen Gewölben hatten mich seltsam bang und traurig gemacht.

»Eines der vielen wundersamen Dinge dieser Stadt ist seit alters her, dass sie sowohl die Arbeiter als auch die Träumer verstanden hat«, sagte Gabriel, »jeder konnte hier nach seiner Façon selig werden, wer mit beiden Beinen fest auf der Erde steht und auch die anderen, die über den Wolken schweben.« Er erzählte, der Maler des Triptychons sei der Vertraute von Königen gewesen und ihm sei es noch als uraltem Mann gelungen, das schönste Mädchen der Stadt zu heiraten.

»Die ihm dann auch, wie er es verdient hatte, links und rechts die Hörner aufsetzte«, stichelte Lucie, und darüber kabbelten sie schon wieder ein paar Minuten. Mir wurde das Vergnügen an dem Spaziergang ein bisschen vergällt, weil die beiden alle naselang völlig grundlos miteinander zankten. Bei Lucie war das noch zu verstehen, ihr schmerzten sicher die Füße, bei Gabriel fand ich es unglaublich unverschämt, wie er sie ab und zu anfuhr. Herr Mardell hätte ihn hören sollen, der hätte ihm schön den Kopf gewaschen.

Im Grunde hatte Lucie viel zu viel Geduld mit diesem unverschämten Flegel. Nun fragte sie ihn wahrhaftig noch, ob er vorhabe, einer der Arbeiter oder einer der Träumer der Stadt zu werden.

»Ich muss wohl oder übel ein Arbeiter sein«, antwortete Gabriel, »dagegen habe ich nichts, und ich bin auch froh, dass ich im Bankfach gelandet bin, denn das trägt schon sehr lange einen erheblichen Anteil zur Größe der Stadt bei. Noch lieber hätte ich mit dem Hafen zu tun, aber dazu fehlt mir die passende Gelegenheit.«

Er führte uns an die Schelde, deren träger Strom den hellen Frühlingshimmel perlmuttfarben widerspiegelte. Ich war das Meer gewohnt, und die Breite des Flusses enttäuschte mich, aber ich sprach es nicht aus, weil Gabriel von großen Schiffen erzählte, die, mit duftenden Spezereien beladen, mit Elfenbein, Gold und kostbaren Hölzern, von nah und fern dem Fluss zustrebten.

»Ich hatte mir schon überlegt«, sagte Lucie, »wo nur all die vielen Häuser aus Gold und Elfenbein herkommen.« Gabriel sah sie ärgerlich an und sagte, es sei leicht, sich über alles lustig zu machen. Er sprach von den Bürgern der Stadt, die zum Arbeiten in die Fremde gingen, ihre Stadt aber nicht vergessen konnten, und wenn sie alt geworden waren, immer hierher zurückkehrten und dann die schönsten oder bedeutendsten Schätze mitbrachten, die sie auf ihren Reisen gesammelt hatten, weil alle zum Glanz von Antwerpen beitragen wollten. »Wie der alte Maler seine junge Braut immer wieder mit anderen Blumen und Edelsteinen geschmückt hat, um ihre strahlende blonde Schönheit besser zur Geltung zu bringen.« Seine Mundwinkel zitterten vor unterdrücktem Lachen, als er das sagte, und ich erwartete, dass Lucie gleich wieder böse würde, aber sie fragte ihn ganz nett, ob er ebenfalls vorhabe, den Glanz der Stadt zu mehren. »Ich bin ein armer, jüdischer Fremdling«, sagte Gabriel, »und ich liebe diese Stadt, wie sie nur jemand lieben kann, der arm und Jude und ein Fremder ist.

Sie können das nicht verstehen, Fräulein Lucie. Für Menschen, die in großen Häusern mit schönen Gärten wohnen, sind die Bauwerke und Parks einer Stadt nicht so wichtig wie für einen armen Jungen wie mich, und die Liebe eines Fremden, der weiß, dass er bald wieder weiterziehen muss, ist immer leidenschaftlicher als die Liebe von einem, der weiß, dass er sein Leben lang bei der Geliebten wird bleiben können. Und die Dankbarkeit eines Juden für einen Ort, an dem er keiner Verfolgung ausgesetzt ist, sollten sogar Sie verstehen können.«

»Was du sagst, stimmt nicht«, entgegnete Lucie. »Ich bin mit Mädchen zur Schule gegangen, deren Vorfahren Großes für diese Stadt geleistet haben, und deren Liebe war noch größer als deine.«

»Vielleicht haben Sie recht«, sagte Gabriel, »aber ich bleibe trotzdem nur ein armer, jüdischer Fremdling und werde nie etwas für diese Stadt tun können. Unerreichbare Ideale sind offenbar mein Schicksal.«

»Für dich bräuchte nichts unerreichbar zu sein«, sagte die wirklich engelsgleiche Lucie, »wenn du nur ein wenig mutiger wärst und ein wenig mehr Selbstvertrauen aufbringen könntest.« Ich fand, dass er mehr als genug Selbstvertrauen hatte, und war froh, als er sagte, dass er nach Hause müsse. »Ich habe meiner Mutter versprochen, den Küchenschrank zu weißeln und die Bretter mit Linoleum zu belegen. Nächste Woche habe ich mehr

81

Zeit. Auf Wiedersehen, Fräulein Mardell, auf Wiedersehen, Gittel.« Er gab jeder von uns die Hand und rannte davon, als ob ihm der Teufel im Nacken säße.

»Er muss wirklich unheimlich Angst vor seiner Mutter haben, um wie ein Irrer wegzulaufen«, sagte ich. Lucie reagierte nicht, und wir gingen schweigend zum Haus meiner Großmutter. Vor der Haustür fragte Lucie, ob mir der Bummel gefallen habe und ob ich denn nächste Woche wieder einen unternehmen wolle. »Du warst so still«, sagte sie, »ich habe gedacht, dass du dich langweilst.« Nein, ich hatte mich nicht gelangweilt und wollte allzu gern wieder mitkommen. Ich winkte ihr nach, bis die hohe Haustür hinter ihr zufiel.

Auf dem Heimweg hatte ich mir überlegt, was ich meiner Familie von dem Ausflug erzählen könnte. Sie saßen beim Whist und fragten zerstreut, wo ich gewesen sei, und ich sagte, mit Fräulein Mardell an der Schelde spazieren. Den Besuch der Kathedrale verschwieg ich diplomatisch. Rosalba stopfte Socken und reagierte als Einzige auf meine Mitteilungen. Sie flüsterte, sie könne mir ansehen, dass ich einen wunderbaren Nachmittag gehabt hätte und dass sie mir bestimmt wieder zu einer weiteren Spaziererlaubnis verhelfen würde.

Diese Hilfe erwies sich als äußerst notwendig, denn am nächsten Sonntag nieselte es, und meine Großmutter prophezeite Lucie und mir eine doppelseitige Lungenentzündung, wenn wir im Regen herumlaufen würden.

82

Lucie versprach, mich strohtrocken wieder abzuliefern. »Wir fahren mit der Straßenbahn zum Museum und dann nehme ich sie mit zum Teetrinken.« Rosalba hielt Wort und kam uns mit der Aussage zu Hilfe, dass der Regen aufgehört habe, und nachdem Lucie ihre übliche Fünf-Minuten-Schmeichelattacke geritten hatte, konnten wir endlich los.

»Macht sie jedes Mal so ein Theater, wenn du irgendwo hinwillst?«, fragte sie. »Wie hältst du das nur aus?«

Ja, das wusste ich auch nicht, darüber hatte ich bisher noch nicht nachgedacht.

Gabriel hatte offenbar schon einige Zeit an seiner Ecke nach uns Ausschau gehalten, denn seine Haare triefen vor Nässe. Gleich nach der Begrüßung überfiel ihn Lucie, dass sie über seine letzte Bemerkung von letzter Woche nachgedacht habe. Zu meiner Freude sagte sie, dass sie das, was er gesagt hatte, für kompletten Blödsinn halte.

»Mein Urgroßvater ist auch als Fremder hierhergekommen, und du weißt, wie weit er es gebracht hat.«

»Das waren andere Zeiten«, sagte Gabriel, »und er war schon reich, als er herkam. Außerdem war er bestimmt viel geschäftstüchtiger, als ich es bin.«

»Mein Vater sagt, dass du viel Talent hast.«

»Wirklich?« Gabriel errötete wieder, diesmal vor Stolz. »Wer weiß, vielleicht werde ich eines Tages ein bekannter Bankier. Neulich war jemand aus England im Büro. Er hat mich gefragt, ob ich bei ihm arbeiten wolle.

Vielleicht nehme ich das Angebot an. Es hört sich vielversprechend an. Wenn ich dann viel Geld verdient habe, komme ich zurück und lasse ein großes Haus bauen, voller Kunstwerke, und wenn ich sterbe, vermache ich alles Antwerpen.«

Er sagte, dass auch ich etwas für meine Geburtsstadt tun müsse, und ich versprach edelmütig, hier alljährlich ein Wohltätigkeitskonzert zu geben, sobald ich die berühmteste Pianistin in ganz Europa wäre. Daraufhin fragten wir Lucie, was sie denn vorhabe.

»Ich bin nur für die Rolle des guten Publikums geeignet«, gab sie zurück. »Ich werde kommen und Gabriels Palast bewundern, wenn er dann noch Wert auf meine Bekanntschaft legt, und ich werde bei deinem Konzert in der ersten Reihe sitzen und ganz laut klatschen.«

Das Museum hatte offenbar geschlossen, deshalb nahmen wir eine Straßenbahn zur Schelde, die in dem Regen trübe und grau dahinfloss.

»Jetzt wirst sogar du nur wenig an deiner geliebten Stadt finden können«, lachte Lucie, aber Gabriel meinte, von dem bisschen Regen sei ihm Antwerpen nicht weniger lieb, denn das wäre ja genau dieselbe Treulosigkeit, als wenn man plötzlich aufhören würde, jemanden zu lieben, nur weil er zufällig Schnupfen habe.

Da weitere touristische Aktivitäten unmöglich waren, schlug Lucie vor, uns im Café am Kai Waffeln zu spendieren. Wir waren die einzigen Gäste, der Regen rann in Bächen an den hohen Fenstern herunter und machte das hell erleuchtete, mit vielen Spiegeln ausgestattete Lokal mit einem Mal richtig gemütlich. Ein kleiner, alter, schläfriger Ober mit einer grünen Schürze brachte uns auf einem Messingtablett einen Berg Waffeln: heiß, knusprig und köstlich waren sie, dick mit Puderzucker bestreut, der graugefleckt war von dem Fett. »Wenn man die Augen halb zukneift, sehen sie aus wie ein gelber Gehsteig mit Schnee, der langsam taut«, bemerkte ich zu Gabriel und spuckte gleich darauf den Waffelrest, den ich noch im Mund hatte, voller Ekel auf meinen Teller. Gabriel fragte, ob ein Haar oder ein Steinchen eingebacken gewesen wäre, aber ich hatte durch den unschuldigen Vanillegeschmack des Puderzuckers die Sünde geschmeckt. Lucie zog ihre fast unsichtbaren Brauen zusammen und sagte vorwurfsvoll, dass ich zu alt sei, um mich so anzustellen, aber es war der einzige Ausweg, nachdem mir plötzlich aufgegangen war, dass die Waffeln garantiert nicht koscher, ja, dass sie, höchstwahrscheinlich, sogar mit Schweineschmalz zubereitet waren.

Gabriel hatte Verständnis für die Situation und tröstete mich, der liebe Gott werde es mir dieses eine Mal nicht verübeln, dass ich unwissentlich eine Sünde begangen hatte, aber Lucie lachte schadenfroh, aufreizend: »Du hast schon vier vertilgt, und sie haben dir sehr gut geschmeckt, oder nicht?«

»Herrlich«, musste ich niedergeschlagen zugeben.

»Dann würde ich die Letzte auch noch aufessen«,

sagte sie, »wenn du viermal etwas falsch gemacht hast, macht ein fünftes Mal auch nichts mehr aus, oder traust du dich nicht?« Ich teilte die letzte Waffel mit Gabriel. Vorsätzlich sündigen machte aber keinen Spaß.

Lucie amüsierte sich königlich, sie neckte abwechselnd Gabriel und mich, und sagte die verrücktesten Sachen wie: »Nächste Woche fahren wir nach Lier, den Beginenhof anschauen. Dann kann ich mir dort gleich ein Zimmer reservieren lassen, es wird allmählich Zeit.« Sie erklärte mir, dass in einem Beginenhof nur unverheiratete Fräuleins lebten, worauf Gabriel plötzlich aufstand und meinte, er habe seiner Mutter versprochen, die Treppe zu streichen. Ich fragte, ob er nicht mit nach Lier kommen wolle. Er sagte: »Oh ja, warum nicht? Aber ich mag kein dummes Herumgerede.«

Er setzte sich wieder und starrte böse seinen Teller voller Krümel an. Lucie bat den Kellner, ein Taxi zu rufen, sie hatte schließlich versprochen, dass ich trocken nach Hause käme.

Sie lieferte mich ordentlich ab und zog mit Gabriel weiter, der sich, als wir vor Großmutters Haus ankamen, doppelt zusammengefaltet auf den Boden des Taxis kauerte. Ihn wolle sie auch noch kurz nach Hause bringen, sagte Lucie, weil er ohne Mantel ausgegangen war.

Seit ich Lucie kennengelernt hatte, war ich nicht mehr auf der Insel gewesen, und auch Klembem, der Spinnenmann, hatte sich nicht gemeldet. Am nächsten Morgen hörte ich zum ersten Mal wieder seine grässliche Piepsstimme. Klembem wohnte am Nordpol, auf einem Berg, in einem Spinnennetz, dessen Fäden so dick wie Ankertrossen waren. Er hatte den Körper und die Beine einer Spinne, nur unendlich viel größer. Die Beine gingen in Menschenhände über, und er hatte auch einen Menschenkopf, in dem die Augen blutrot funkelten. Ich spürte seinen eisigen, giftigen Atem in meinem Nacken, als ich im Flur hörte, wie Herr Mardell Lucie eine Standpauke hielt, weil Gabriel krank war. Sie hätte es besser wissen müssen, sagte er streng, als den armen Kerl mit seiner schwachen Lunge stundenlang im Regen herumlaufen zu lassen. Als ich ihr eifrig zu Hilfe eilte und erzählte, dass wir nur Waffeln gegessen hätten in einem Café, wo es wunderbar warm gewesen war, und dass Lucie Gabriel sogar im Taxi nach Hause gebracht hatte, schien ihn das nur noch mehr zu ärgern, und ich hörte Klembems hämisch wiehernde Lache. »Jetzt geht's hier aber ganz schön schief für dich«, sagte Klembem, »alles ist ja viel zu gut gelaufen.«

»Keine Bange, Vater«, gab Lucie zurück, »Gabriel wird bestimmt bald wieder zur Arbeit kommen.«

Als Gabriel zwei Tage später noch immer krank war, fragte sie mich, ob ich es nicht auch nett fände, ihn zu besuchen, sich nach seinem Wohlbefinden zu erkundigen und ihm eine Kleinigkeit zum Naschen zu bringen. »Zu Hause muss ich erst gar nicht fragen«, war ich mir sicher, »die haben viel zu viel Angst, dass ich mich anstecke.«

»Wir könnten gleich heute früh hingehen«, sagte Lucie, »passiert ist passiert.«

»Dann bräuchte ich nicht mal um Erlaubnis zu fragen ...«

»Das musst du selbst am besten wissen«, sagte Lucie. »Was, glaubst du, könnte ihm schmecken?« Sie ging in die Küche und kam kurz darauf mit einer prallgefüllten Einkaufstasche mit Ölsardinen, Lachs und Kompott zurück. Mein Geld reichte gerade für ein paar Zitronen, die, so meine Großmutter, das einzig probate Mittel gegen eine Erkältung seien. Lucie sagte, an Zitronen habe sie nicht gedacht und sie finde meine Idee gut. Auf der Treppe nach unten begegneten wir Herrn Mardell, der einen seiner Bankkunden hinausbegleitet hatte.

»Wir verrichten auf Drängen von Gittel ein Werk der Barmherzigkeit«, sagte Lucie und kniff mich dabei so fest in den linken Oberarm, dass ich mit Mühe einen Schrei unterdrückte. »Wir gehen zu Gabriel, beladen mit Zitronen, ebenfalls Gittels Idee.«

»Grüß ihn und wünsche ihm in meinem Namen von Herzen gute Besserung«, sagte Herr Mardell. »Du kannst ihm auch sagen«, er zögerte kurz, »ach ja, sag es ruhig, es wird ihn vielleicht ein bisschen aufmuntern; dass er zusehen soll, schnell wieder gesund zu werden, denn ich habe eine nicht unangenehme Mitteilung für ihn.«

»Und die wäre, Vater?«, fragte Lucie, aber Herr Mardell behauptete, Frauen seien nicht imstande, ein Geheimnis für sich zu behalten.

»Was ich zu sagen habe, werde ich dem Jungen selbst sagen.«

Unter Lucies Anleitung kaufte ich meinen Beitrag zu Gabriels Genesung, und wir mussten schon wieder ein Taxi nehmen, weil ich zur üblichen Zeit zu Hause sein musste, sollte unser Ausflug geheim bleiben.

Es war eine armselige Straße, in der wir vor einer kleinen Gemüsehalle hielten, wo Zitronen zu einem viel niedrigeren Preis auslagen, als ich in dem teuren Laden hatte bezahlen müssen, in dem Lucie ihre Einkäufe erledigte. Dafür waren meine viel größer und schöner. »Er wohnt hier drüber im ersten Stock, mit seiner Mutter«, sagte Lucie. Sie riss an einer schwärzlichen Zugklingel, und wir mussten kurz warten, bis ein Fenster hochgeschoben wurde und eine schrille Frauenstimme fragte, wer wir seien und was wir wollten. Lucie war plötzlich mit Stummheit geschlagen, und so führte ich das Wort, als die unsichtbare Besitzerin der Stimme rief, sie sehe es schon und werde uns die Tür öffnen. Wir traten ins Haus ein und stiegen eine steile, farblose, mit Zeitungen statt eines Läufers belegte Treppe hoch.

»Gabriel sollte die Treppe streichen, weißt du noch?«, flüsterte Lucie, »weit ist er nicht gekommen.« Die obersten drei Stufen waren ordentlich hellgrau lackiert.

Klembem kullerte vor Lachen fast aus seinem Spinnennetz, denn oben an der Treppe stand Oma Hofer. Vor Schreck ließ ich die Tüte mit den Zitronen fallen. Das Papier zerriss, und ich lief den entwischten Früchten hinterher, die frech wie drei eigensinnige gelbe Kobolde die Treppe hinunterhüpften. Als ich atemlos wieder oben ankam, sah ich Lucie vor Oma Hofer herumstottern. Die ließ sie ein Weilchen zappeln. »Aber ich *bin* nicht Gabriels Mutter«, sagte sie schließlich, »die räumt drinnen gerade auf. Sie hat um diese Tageszeit nicht mit so hohem Besuch gerechnet.«

Wir standen zusammengepfercht in einem engen, dunklen, kleinen Flur, wo ein Armeleutegeruch nach Kohl und nasser Wäsche hing. Hinter einer der zwei Türen hörten wir es poltern.

»Jetzt ist sie bestimmt fertig«, sagte Oma Hofer und rief laut: »Wir kommen!«

Sie öffnete die Tür, die der Straßenfront am nächsten war, und winkte uns, ihr in ein Zimmer zu folgen, schmal wie ein Schlauch.

Gabriel lag mit hochroten Wangen und glänzenden Augen unter einem Berg Decken auf einem Feldbett am Fenster. Neben ihm stand eine bleiche, ausgemergelte Frau mit grauem Haar. In ihren knochigen Händen hielt sie einen Mopp. Sie war genauso verlegen wie wir. Sie sagte, dass wir uns setzen sollten, und eilte, etwas über Teemachen murmelnd, gleich aus dem Zimmer.

»Wie geht es dir, Gabriel?«, fragte Lucie mit erstickter Stimme. »Mein Vater lässt dich herzlich grüßen und dir ausrichten, dass er für dich eine angenehme Mitteilung hat, sobald es dir wieder besser geht.«

»Lohnerhöhung«, sagte Oma Hofer, »und wenn man

meine ehrliche Meinung hören will, hätte das viel früher passieren müssen.«

Mitten im Zimmer stand ein viel zu großer quadratischer Tisch, um den steif sechs Stühle aufgestellt waren. Die Wand mit der Tür wurde völlig von einem altmodischen, hohen Büffet mit Scheiben aus abwechselnd rotem und grünem Glas eingenommen. Gegenüber glühte ein Kanonenofen. Auf dem mit einer weißen Häkeldecke bedeckten Tisch standen ein gebratenes Huhn und ein großer Topf Sülze.

Lucie packte ihre Tasche aus. »Wir haben dir was zum Naschen mitgebracht, Gabriel«, sagte sie, »und Gittel hat von ihrem eigenen Geld Zitronen für dich gekauft.«

Gabriel, der noch mehr als sonst seinem Namensgenossen, dem Engel, glich, dankte uns flüsternd.

»Du hast den Mund zu halten«, befahl Oma Hofer, »du hast eine Erkältung, und bei den angegriffenen Stimmbändern ist Sprechen streng verboten. Außerdem habe ich dich gerade erst mit Lindenblütentee abgefüllt.«

Sie wandte sich an Lucie, »Wissen Sie, das einzige Mittel gegen Erkältung ist: Schwitzen und pissen und noch mehr schwitzen und pissen!« Lucie wurde weiß um die Nase, sie war Oma Hofer nicht so gewohnt wie Gabriel und ich, er schien sich ziemlich wenig daraus zu machen, denn er flüsterte: »Gib dich nicht so herrschsüchtig, Tante Lea, sonst esse ich keinen Bissen von dem herrlichen Huhn.«

Oma Hofer lachte und zog ihn an den Haaren, und ich musste es aussprechen oder ich wäre vor Neugier geplatzt.

»Ist Oma Hofer deine Tante, Gabriel?«

Er schüttelte den Kopf. »Nein, keine echte Tante, aber die beste, die einzige Freundin meiner Mutter und von mir …«

»Willst du wohl den Mund halten«, belferte Oma Hofer, »ich bin durchaus in der Lage, alle Chuzpe-Fragen persönlich zu beantworten. Na los, Gittel, womit kann ich noch dienen? Frag ruhig drauflos, aber zuerst will ich dir mal was sagen: Deine Großmutter weiß bestimmt nicht, dass du hier bist. Ich kenne sie. Sie würde das nie im Leben erlauben. Außerdem sind in dem Haus sowieso alle total meschugge*. Am liebsten würden sie dich unter einen Glassturz stecken. Bah.« Sie wusste, dass ich ihr nicht widersprechen konnte.

Wir schwiegen zu viert, bis Gabriels Mutter wieder ins Zimmer kam, doch bevor es soweit war, hatte ich mit Verwunderung festgestellt, dass Oma Hofer hier ganz anders aussah als auf Besuch bei der Großmutter. Ich sah sie zum ersten Mal ohne Hut. Sonst trug sie eine eigenartige Kopfbedeckung, schwarz, mit einer Kokarde seitlich: Meine Großmutter behauptete, irgendwo müsse in einer Höhle ein Sklave hausen, der nichts anderes tat, als für Oma Hofer Hüte zu machen, und wenn dieser Sklave eines Tages starb, würde, zum Glück, auch die Herstellung dieser Hüte zu den verloren gegangenen

Künsten gehören. Mir kam in den Sinn, dass ich Oma Hofers Alter gar nicht kannte. Für mich war sie alterslos, genau wie Großmutter und Rosalba.

Gabriels Mutter trug ein Zinntablett herein, auf dem eine Teekanne und Gläser standen. Sie stellte es auf den Tisch und gab jedem von uns ein Glas Tee. Oma Hofer schlug vor, den Topf Sülze zu »schlachten«. Sie wartete die Antwort nicht ab, sondern holte eifrig Tellerchen aus dem Büfett, auf die sie eine ordentliche Portion Sülze knallte, die überraschend gut schmeckte. Gabriel musste bis zur Nasenspitze unter den Decken bleiben, und Oma Hofer fütterte ihn wie ein kleines Kind. Er hatte gar keine Angst vor ihr, er biss sie sogar einmal spielerisch in die Hand. »Undankbarer Hundsfott«, lachte sie, »du Lausebengel, pass auf, oder ich leg dich übers Knie.«

»Es wäre nicht das erste Mal«, gab der heisere Gabriel zurück.

»Nein, wir kennen uns nicht erst seit gestern, und bald ist es Zeit für dich, ans Heiraten zu denken. Ich habe schon einen Schatz von einem Mädchen für dich im Auge. Noch keine achtzehn Jahre alt und mit einem hübschen Batzen Geld. Ich bin für junge Ehen, und zwar mit einem vom selben Menschenschlag. Du darfst nicht so danebengreifen wie meine naseweisen Söhne, die nicht auf mich hören wollten.«

Gabriels Mutter wurde plötzlich gesprächig. In klagendem Ton erzählte sie, wie ratlos sie gewesen sei, mit dem neugeborenen Gabriel, in einem Krankenhaus in einem fremden Land, dessen Sprache sie nicht kannte; und dann sei ein Wunder geschehen. Sie habe sich plötzlich erinnert, dass in dieser Stadt eine frühere Schulfreundin wohnen musste. Zum Glück war eine der Nonnen, die sie versorgte, eine Polin. Sie hatte mit viel Mühe die Adresse ausgekundschaftet und ein Briefchen hingebracht. Keine Stunde, nachdem Oma Hofer es erhalten hatte, stand sie neben dem Wochenbett, mit Kleidern und Essen und allem, was man sich nur vorstellen kann. Oma Hofer übernahm jetzt den Bericht: »Und diese Rotznase dort, man würde es jetzt nicht mehr von ihm sagen, war das schönste Baby, das ich mein Lebtag gesehen habe. Die Nonnen haben gesagt: ›Haargenau das Jesulein.‹ *Lehawdil**. Und seit diesem Tag betrachte ich ihn als meinen dritten Sohn.«

Lehawdil wurde gemurmelt, wenn jemand versehentlich einen Gesunden mit einem Kranken verglichen hatte oder einen Lebenden mit einem Toten. An sich war es ein unschuldiges hebräisches Wort, das nichts weiter bedeutete als »um einen Unterschied zu machen«, aber wenn man es schnell genug sagte, nach so einem Versprecher, dann schien es die bösen Geister, die sich womöglich in der Nähe befanden, zu besänftigen. An Lucies verschrecktem Blick sah ich, dass sie von Oma Hofers letzten Sätzen nichts begriffen hatte, ich würde es ihr dann draußen erklären. Sie erhob sich. »Wir müssen los, Gittel. Auf Wiedersehen, Gabriel, gute Besserung.«

Oma Hofer erlaubte nur, ihm zuzuwinken. Seine Mutter schüttelte betrübt unsere Hände und sagte, dass sie, obwohl sie ein hartes Leben habe, jeden Tag wieder überrascht und dankbar sei, weil es noch so viele gute Menschen auf der Welt gebe; aber sie hatte eine Stimme, die jedes freundliche Wort zu einer Anklage oder einem Tadel verzerrte.

Oma Hofer brachte uns zur Treppe. Dort ergriff sie mein Kinn und zwang mich, ihr in die Augen zu sehen. »Wenn du den Mund hältst, halte ich ihn auch«, zischelte sie. Das war eine wahre Erleichterung, aber trotzdem weinte Lucie im Taxi, und weil ich nicht begriff, warum, konnte ich sie nicht trösten.

Gabriel war am Ende der Woche wieder bei der Arbeit und kam, um Lucie und mir förmlich für unseren Besuch zu danken. Er sagte, er sei froh, dass es ihm jetzt besser gehe und er uns am Sonntag nach Lier begleiten könne.

V

Unser Aufenthalt in Antwerpen folgte einem festen Schema, und wenn wir reif für die Baronin waren, wusste ich, das Ende war nahe. Selbst wenn wir nach unserer Ankunft kurz in Großmutters Gunst standen, war dies meist nicht von Dauer, weil meine Mutter es nicht lassen konnte, sich mit Onkel Fredie, Großmutters jüngstem Kind und Augapfel, zu streiten. Die ständigen Angriffe auf ihren Liebling ärgerten die alte Dame, und sie verstand es, ohne Worte sehr deutlich zu machen, wenn ihr Vergnügen an unserer Anwesenheit auf Null gesunken war. Dann blieb uns nichts anderes übrig, als nur nachts unter ihrem Dach zu sein und tagsüber abwechselnd die Tanten mit einem Besuch zu beehren, die auch bald genug von uns hatten.

Wenn es so weit war, bezogen wir unsere letzte Stellung: bei Baronin Bommens.

Dieses Mal hatte ich wegen der Freundschaft mit Lucie dem unvermeidlichen Lauf der Dinge wenig Aufmerksamkeit geschenkt. Lucie begleitete mich, wie immer, bis vor Großmutters Haustür und sagte, ich täte bestimmt gut daran, schon gleich um die Erlaubnis zu bitten, nach Lier mitzudürfen, aber sobald ich im Haus war, wusste ich, dass ich mir die Mühe sparen konnte. Wir befanden uns bereits mitten in der großen Szene des letzten Akts.

Oben an der Treppe, die zu den diversen Salons führte, standen Großmutter, Onkel Fredie und meine Mutter, die mit der ihr eigenen Dramatik verkündete: »Hier bleibe ich keinen Tag länger, keinen Tag, verstehst du. Morgen fahren wir wieder nach Hause. Komm mit, Gittel, wir gehen zur Baronin. Dort werden wir wenigstens liebevoll behandelt und nicht wie Abschaum.«

»Schöne Baronin«, höhnte Fredie, »Baronin von Morganatium, und ein feiner Baron: Baron von Seif.«

Das letzte Wort sprach er platt Flämisch aus, so dass es ungefähr wie Seief klang. Ich verstand kein Wort, wusste aber, dass es jetzt vorbei war mit den friedlichen Stunden in Lucies Haus und den anregenden Spaziergängen mit ihr und Gabriel.

Meine Mutter schritt wie eine beleidigte Königin die Treppe herab und setzte aufreizend langsam ihren Hut auf. Rosalba erschien unten an der Küchentreppe. »Sei nicht so dumm«, sagte sie, »ihr habt noch nicht gegessen.«

»Dann verhungern wir eben«, gab meine Mutter düster zurück, »ich werde mich freuen, wenn wir ausgehungert in der Gosse gefunden werden und ihr euch dann totschämen müsst.«

Ich fand die Vorstellung nicht so angenehm, und Großmutter bemerkte das.

»Du solltest dich was schämen«, sagte sie, »dem Kind solche Angst zu machen. Na los, kommt wieder rauf, das Essen steht gleich auf dem Tisch.«

Sie stolzierte ins Esszimmer, gefolgt von Fredie. Meine Mutter hängte ihren Hut wieder an die Garderobe und schüttelte sich zu meiner Verwunderung vor Lachen.

Sie bedeutete mir, in den Spiegel zu schauen, und da sah ich mich: dick wie ein Bär. Da müssten schon ziemlich viele Monate vergehen, bis man mich ausgemergelt aus einer Gosse fischen konnte.

Bei Tisch wurde kein Wort gesprochen, außer von Rosalba und mir. Großmutter starrte streng vor sich hin, und Onkel Fredie und meine Mutter schmollten um die Wette.

Wenn wir zur Baronin gingen, bekam ich frei von der Marine. Wo meine Mutter diese nautische Vorliebe herhatte, ist nicht nachzuvollziehen, aber sie ließ mich, bis ich fünfzehn, war ausschließlich in Matrosensachen herumlaufen. Im Sommer aus weißer Baumwolle und im Winter aus einem kratzigen, dunkelblauen Wollstoff. Außerdem besaß ich ein Festgewand aus blauer Taftseide, das ich nur ganz ausnahmsweise anziehen durfte. Die Baronin hätte es meiner Mutter ernsthaft übelgenommen, wenn wir bei diesen Gelegenheiten nicht im Sonntagsstaat erschienen wären. Sie und ihre Tochter,

Madame Odette, hüllten sich in Samt, Seide und Spitzen. Sie gleißten vor Geschmeide und hatten auch nichts gegen ein bisschen Pelz und Straußenfedern einzuwenden.

Die Enkel der Baronin spazierten stets und ständig in Samtanzügen mit Spitzenkragen herum und mit Seidenschärpen um ihre widerlichen Wänstchen. Die Tollpatsche trugen ihr mausfarbenes Haar mit einem langen Pony über der Stirn und in Schillerlocken bis auf die Schultern. Durch diese Haarpracht lugten blassblaue Äuglein listig in die Welt. Sie waren in meinem Alter und rannten laut kreischend davon, sobald sie mich erblickten. Leider kamen sie, sobald die Törtchen herumgereicht wurden, meist wieder zum Vorschein.

Im Übrigen war der Besuch bei der Baronin ein Riesenfest. Schon der lange Spaziergang zu ihr war hinreißend, weil sich der kleine Palast bereits von Weitem von den anderen Häusern der Allee abhob, denn vor allen Fenstern hingen Tüllgardinen in verschiedenen Pastelltönen.

Die Baronin, die gern vom blauen Salon, dem roten Empfangszimmer etc. sprach, hatte jeden Raum in einer anderen Farbe eingerichtet und sogar die Gardinen waren in das Farbschema aufgenommen.

»Über Geschmack lässt sich nicht streiten«, sagte sie, »ich bin mit dem meinen nicht unzufrieden.« Ich fand, dass sie das durchaus sein durfte. In meinen Augen konnte sich die Einrichtung keines der anderen Häuser, die ich gelegentlich besuchte, mit dem ihren an Schönheit und Vornehmheit, Reichtum und Schick messen, Madame Odette, in blauem Moiré, flankiert von ihren zwei Fauntleroys, hielt vor der Tür bereits nach uns Ausschau. Kaum waren wir ein bisschen näher gekommen, rannten die zwei kleinen Widerlinge lärmend und kreischend ins Haus.

»Schaut einfach nicht hin«, sagte ihre Mutter ergeben. »Es ist alles so schwierig … für eine alleinstehende Frau … zwei von den Bengeln … gut zu erziehen.« Sie seufzte tief auf; jeden ihrer kurzen Sätze leitete sie mit einem Seufzer ein.

»Wie geht es der Frau Mama?«, fragte meine Mutter.

»Immer dasselbe. Außergewöhnlich gut für ihr Alter. Femme du monde. Bis zum letzten Atemzug.«

Ein Hausdiener nahm unsere Mäntel an und Madame Odette sagte: »Mama empfängt heute im Boudoir, weil Gittel es letztes Mal so bewundert hat, und Arnold sagt, dass ihr nicht weggehen dürft, bevor er euch gesehen hat.«

Arnold war ihr älterer Bruder, dank seiner Vermittlung verkehrten wir in diesen aristokratischen Kreisen. Er war zur selben Zeit Lehrling in der Firma gewesen, in der mein Vater seine wenig ertragreiche Handelskarriere begonnen hatte. Arnold Bommens hatte es weiter gebracht, er besaß eines dieser vortrefflich geführten Lokale, die zu Recht als Goldgruben bezeichnet werden. Darüber wurde in dieser vornehmen Umgebung meist geschwiegen, nur gelegentlich wurde Arnold, in vorwurfsvollem Ton, an das Gebot »Noblesse oblige« erinnert. Bommens war ein geselliger, jovialer Mann, der für mich in eine andere Zeit gehörte; er hatte nämlich das einzige echte pockennarbige Gesicht, das ich je gesehen habe, ich konnte den Blick gar nicht abwenden.

Er war meinem Vater aufrecht zugetan, und die herzliche Zuneigung, die in seiner Stimme mitschwang, wenn er nach ihm fragte und von »früher« sprach, tat mir immer gut.

Was mich bei meinen ersten Besuchen allerdings ziemlich verwirrt hatte, war, dass dort jeder Bommens hieß, die Baronin, »unser« Herr Arnold, Madame Odette und Lucien und Robert ebenfalls. Manchmal war noch eine weitere Enkelin zu Besuch, das Kind einer anderen Tochter, die in Gent lebte, und auch die kleine Hubertine war eine Bommens. In dieser Dynastie herrschte die weibliche Linie.

Madame Odette war eine große, rotblonde Frau mit üppigen Formen. Mir war sie zu plump, aber Rubens hätte sie gern gemalt. Wir folgten ihr durch einen langen Gang, der mit schwarzen und weißen Marmorfliesen ausgelegt war. Danach mussten wir ein paar Treppenstufen hochsteigen, um in das blaue Boudoir der Baronin einzutreten. Dieses Gemach erfreute sich meiner Bewunderung vor allem wegen eines großen Gemäldes, das dort hing. Ich begrüßte die Baronin und ging, trotz Herrn Mardells Lektionen, sofort wieder darauf zu.

»… und sie hat nur Augen für den Jäger«, sagte die Baronin mit ihrer eigenartigen, verschleierten Stimme, »nimm dich in Acht, mein Kind, nimm dich in Acht.«

Das Gemälde zeigte eine Waldlichtung, auf der linken Seite der Szenerie lag ein Mädchen mit nicht allzu viel Kleidern in einer ungemütlichen Haltung und schlief. Ein Herr in grünem Jagdanzug stand über sie gebeugt und betrachtete sie andächtig. Unten, auf dem riesigen, vergoldeten Rahmen, stand auf einem Bronzeschildchen zu lesen: »Wird er sie wachküssen? Oh nein.«

Bei einem früheren Besuch war ich so unvorsichtig gewesen zu fragen: »Warum eigentlich nicht?« Woraufhin das widerliche Große-Leute-Gelächter, vor dem mir immer ein bisschen bange war, die Teetassen auf dem Marmortischchen zum Klirren gebracht hatte. In jedem Zimmer der Baronin gab es viel zu sehen, aber das hier setzte allem die Krone auf. Alles war hellblau oder golden. Es gab zwei Spiegel, die vom Fußboden bis zur Decke reichten, es gab eine Frisierkommode voller Kristallflakons und Schachteln, und es gab eine Récamiere. An einer goldenen Kette kletterten vier goldene Engelchen von der Decke herab, jedes von ihnen mit einer gläsernen Rose in der Hand, in der Glühbirnen verborgen waren, die ein weiches, gedämpftes Licht verbreiteten.

»Wenn eine Frau ein wenig älter wird, muss sie grelles Licht meiden«, meinte die Baronin, und in dem Dämmerlicht wirkte sie, trotz ihrer achtzig Jahre, noch rüstig. Mit ihren großen, runden, stark hervorquellenden Augen über einer sehr kurzen, breiten Stupsnase erinnerte sie mich immer an einen kleinen, gepuderten Pekinesen, auch, weil sie genau wie diese Hündchen ständig mit der Zunge über ihre Unterlippe fuhr. Drei pechschwarze Locken fielen ihr auf die Stirn, sie lugten unter einer weißen Spitzenmantilla hervor, die sie anmutig um Kopf und Schultern drapiert hatte.

Auch dieser Besuch verlief nach einem festen Schema. Sobald wir saßen, kam der Hausdiener mit einem Tablett voll Gebäck und Pralinen herein, und Madame Odette schenkte aus einer großen blauen Kanne Schokolade aus. Das war der Moment, in dem die zwei Junker hereinstiebten und unter lautem Indianergeheul ihren Anteil forderten. Es gab die immer gleiche Sorte Törtchen, hoch und länglich, mit drei Schichten Mokkacreme gefüllt und mit Silberperlen als Dominosteine dekoriert. Zum Groll und Ärger von Lucien und Robert bekam ich als Gast immer die Doppelsechs mit den zwölf Liebesperlen. Zum Glück verzogen sie sich jedes Mal mit der Beute in ihre Zimmer, und dann wurde es erst richtig gemütlich. Eine fette weiße Katze, die mit dem Diener hereingeschlüpft war, lag auf dem Satinschoß der Baronin, die in der Nähe des großen Gasofens saß, und schnurrte. Ich starrte schläfrig in die Flämmchen, als Madame Odette mit einer Serie von Seufzern »Eine Frau wie ich … erlebt die Hölle … schon hier auf Erden« von sich gab. Ich fand, dass sie keinen Grund zu klagen hatte in diesem schönen warmen Zimmer mit all den Leckereien und so prachtvoll gekleidet; und da Lucien und Robert ihre eigenen Kinder waren, sollte sie die beiden nicht schrecklich finden.

»Hörst du nie mehr von ihm?«, fragte meine Mutter.

»Nie«, kam es zurück. »Nach Roberts Geburt ist er gegangen. Hat seither nichts mehr von sich hören lassen. Keinen Ton.«

Ich konnte ihm, wer auch immer es sein mochte, insgeheim nicht unrecht geben.

»… und wenn ich dann an Papa denke …!«, seufzte Odette.

»Ich sage immer zu Odette, dass heutzutage auf Erden kein Mann mehr zu finden ist, der es mit dem Baron aufnehmen könnte. So was Gutes. So was Edles.« Die Baronin begann indigniert zu schluchzen und schubste die Katze von ihrem Schoß, die böse das Gesicht verzog und sich dann vor dem großen Gasofen genüsslich den Bauch ansengen ließ.

»Der Boden war zu hart für meine Füße«, fuhr sie fort. »Jeden Tag beim Frühstück rote Rosen. Jeden Monat am Tag unseres Kennenlernens ein prächtiges Bijou. Er hätte mir den Mond auf einer goldenen Schale gebracht, wenn ich darum gebeten hätte. Ich habe ihn nie darum gebeten, aber er *hätte es getan!*«

Ich hatte große Lust zu fragen, wie der Baron wohl eine so große Schüssel mit dem Mond darauf durch die Haustür hätte schaffen sollen, aber die Baronin jammerte immer lauter.

»Aaaah«, rief sie aus, »aaah. Es ist wieder so weit, meine *crise de nerfs,* meine *crise de nerfs.* Schnell Odette, mein Riechsalz, oder ich sterbe zu deinen Füßen.«

Um sie ein bisschen abzulenken, fragte ich in mitfühlendem Ton: »Der liebe Baron, der so gut zu Ihnen war, war das der Baron von Sei-ef?«

Es war das probate Mittel. Die *crise de nerfs* war schlagartig vorbei. Die Baronin richtete sich aus ihrem Sessel auf wie eine Rachegöttin, und Madame Odette lief purpurrot an.

»Was sagst du da?!«

»Das hat sie sich nicht selbst ausgedacht«, sagten die beiden unisono und warfen giftige Blicke auf meine arme Mutter, die bis zu den Haarwurzeln errötete.

»Sir-jeff«, sagte sie, mit viel Raum zwischen den Silben, »Sirjeff. Das Kind verwechselt etwas. Wir haben einen Freund, einen polnischen Baron, der gelegentlich zu uns nach Hause kommt, und jetzt denkt sie, dass jeder Baron Baron Sir-jeff wäre.«

Die Baronin sank wieder in ihren Sessel zurück und entschied sich, die Klügere zu sein.

»Dann wird es wohl so sein«, meinte sie mit gespieltem Gleichmut. Odette nahm es nicht ohne Weiteres hin. In zuckersüßem Ton fragte sie und hielt mir dabei eine Schale Pralinen hin: »Und was ist das für ein Herr, dieser polnische Baron. Wie sieht er denn aus?«

Ich war völlig ratlos, doch da betrat »unser« Bommens als rettender Engel den Raum.

»Ah, die Damen alle beisammen. Das ist gut. Bonjour, Maman, guten Tag, liebe Thea, es tut gut, dich wiederzusehen. So, Odette … sieh mal an, wer ist denn dieses große Fräulein? Das ist doch nicht unsre Gittel? Ach, wie schade. Ich habe ihr einen Hasen mitgebracht, aber dafür ist sie bestimmt schon viel zu groß.«

Er stellte einen Osterhasen vor mich auf den Tisch, das gute Tier trug einen mit Eiern gefüllten Korb auf dem Rücken.

»Oh nein, Onkel Arnold, oh nein, ich bin überhaupt nicht zu groß dafür.« Ich fiel ihm um den Hals und küsste überschwänglich seine pockennarbigen Wangen, sonst war ich dafür zu schüchtern, aber ich begriff, dass ich einen dieser rätselhaften Sätze geäußert hatte, über die Erwachsene böse werden, und dass mir sein Kommen viel Ärger ersparte.

Zu meinem Leidwesen warteten wir dieses Mal die zweite Runde Köstlichkeiten nicht ab (Crème de menthe für die Damen, Limonade für mich und belegte Brötchen).

»Allez dann, was soll das denn?«, protestierte Arnold. »Komm ich extra früh nach Hause, und da fliegt ihr schon gleich wieder aus.« Meine Mutter stieß mich fast aus der Tür auf die Straße. Onkel Arnold winkte uns noch lange nach.

»Wenn der gute Mann bloß in Gottes Namen ins Haus ginge«, murmelte meine Mutter, »ich halte es nicht mehr aus.« Als er endlich die Tür schloss, lehnte sie sich

106

an die Wand des erstbesten Hauses, an dem wir vorbeikamen, und lachte, bis ihr die Tränen über die Wangen
liefen. »Baron von Seief«, ächzte sie, »Baron von Seief.
Wie konntest du nur so etwas Schreckliches sagen?!«

»Was ist daran denn so schlimm?«

Als sie sich wieder ein wenig beruhigt hatte, bekam
ich eine gereinigte Fassung zu hören. Dem Mann der
alten Baronin, einem sehr fähigen Geschäftsmann, der
viel Geld verdient hatte, war für die Dienste, die er seinem Land erwiesen hatte, der Barontitel verliehen worden. In Belgien nennt man so jemanden mitunter Sei-
fenbaron oder Baron von Seif.

»Aber warum sind sie dann so böse geworden? Wenn
er so gute Seife gemacht hat, dass man ihn dafür zum
Baron ernannt hat, wäre ich doch gerade stolz.«

Meine Mutter konnte wieder nicht mehr an sich halten. »Ach ... du begreifst auch nie etwas.« Das stimmte, ich war froh, dass sie dieses Mal darüber lachte und
guter Stimmung war. Auf der breiten Allee waren die
brennenden Laternen von einem leichten Nieselregen
feierlich verschleiert, und die Bäume dufteten frühlings-
haft. An dem ein oder anderen Fenster, an dem wir vorbeikamen, waren die Vorhänge nicht zugezogen; durch
eines sahen wir Kinder mit einer Katze balgen, und hinter einem anderen saß eine große Familie vergnügt bei
Tisch. Alle schienen glücklich zu sein an diesem Abend,
in Gabriels Stadt ... und morgen musste ich wieder
weg ... weg von Lucie ...

Ich fragte, ob ich ihr kurz sagen dürfe, dass ich am nächsten Tag nicht zum Klavierspielen käme.

»Na dann mal los«, sagte meine Mutter, mit einem Mal gereizt. »Lucie hier und Lucie da, diese Person hängt mir allmählich zum Hals heraus. Was das angeht, ist es nur gut, dass wir abreisen. Sie nimmt dich ganz und gar in Beschlag. Vergiss nicht, dass sie dich nachher nach Hause bringt, es ist schon fast dunkel.«

Gegenüber war Lucie gerade dabei, ins Haus zu gehen. Ich ergriff ihren Arm. Sie erschrak.

»Oh, du bist es, was ist?«

»Ich will nur sagen, dass ich morgen nicht kommen kann, wir fahren ganz plötzlich wieder nach Hause.«

Ihr Gesicht verfinsterte sich. »Oh, wie schade, du wirst uns fehlen, und ich habe Gabriel gebeten, etwas ganz Schönes für dich zu machen, und jetzt ist es noch nicht fertig.«

»Was ist es, Lucie, was ist es denn?«

»Oh nein, das verrate ich nicht, das ist ein Geheimnis. Wir werden es dir schicken, schreib hier deine Adresse auf, aber leserlich.«

Sie zog aus ihrer Tasche ein in violettes Leder gebundenes Büchlein und sah betrübt zu, wie ich im Schein der Laterne schrieb. Zu meiner Genugtuung sagte sie leise und verzweifelt: »Was soll ich ohne dich anfangen?«

Sie brachte mich schweigend nach Hause.

»Wirst du bald von dir hören lassen?«

»Ja, natürlich, und Grüße an alle, an deinen Vater und Bertha und an Salvinia und Menie und Gabriel. Seine Adresse muss ich auch wissen, ich will ihm unbedingt schreiben.«

»Schick den Brief doch an mich, ich sorge dafür, dass er ihn bekommt«, sagte Lucie, und dieses Mal war ich zu betrübt, um ihr nachzuwinken.

Als ich ins Esszimmer kam, lag Fredie wiehernd über dem Tisch, Charlie schlug sich auf die Knie, und meine Großmutter, Mutter und Rosalba prusteten vor Lachen, als ob sie gar nicht mehr aufhören könnten.

»Sir-jeff«, brüllte Fredie, »wie ist dir das nur so schnell eingefallen?«

»Ich weiß es nicht«, japste meine Mutter, »Ein Geistesblitz, die reine Erleuchtung vor lauter Schreck.« Ich ging in den Flur, bis sie sich wieder ein bisschen beruhigt hatten. Die ganze Geschichte langweilte mich, ich hatte ganz andere Dinge im Kopf.

Bei Tisch waren alle fröhlich und gesprächig, aber obwohl die zwei Barone die Stimmung erheblich verbessert hatten, blieben unsere Reisepläne unverändert, und am nächsten Tag zogen wir wieder gen Norden.

VI

Sobald ich meinen Vater auf dem Bahnsteig stehen sah, wusste ich, dass ich Lucie nicht so schnell wiedersehen würde. Er war vergnügt, er hatte für meine Mutter Blumen und für mich Pralinen mitgebracht, und zu Hause waren zwei Zimmer frisch tapeziert. Ich hoffte, dass sich seine Geschäfte auf wundersame Weise einmal zum Guten gewendet hatten, später stellte sich heraus, dass er die Prämie seiner Lebensversicherung nicht bezahlt hatte.

An dem von ihm zuvor festgelegten Tag mussten wir bezeugen, dass Wally recht gehabt hatte.

Es wurde eine bittere Zeremonie. Abwechselnd mussten wir vor ihm stehen. Er stellte Fragen und soufflierte die Antworten.

»Wer hat eine schriftliche Erklärung verfasst?«

»Der weise Wally.«

»Was stand darin?«

»Dass wir lange, bevor die sechs Monate um sind, wieder nach Hause zurückgekehrt wären.«

»Und frohen Muts!«

»Und frohen Muts!«

»Und ist es so gekommen?«

»Es ist so gekommen.«

»Erkennt ihr, mündlich, schriftlich, allumfassend und demütig an, dass Wally recht hatte?«

»Ja, das erkenne ich an.«

»Erkennt ihr an, ihm für seine Weisheit dankbar zu sein?«

Daran dachten wir alle vier nicht im Traum.

Die Schule machte mir Sorgen, es war schwer, den versäumten Stoff nachzuholen, und ich wurde mit einem schlechten Zeugnis und vielen Hausaufgaben versetzt, eine Schande, die ich mir sehr zu Herzen nahm, obwohl sie meine Eltern völlig kaltließ. Außerdem gab es eine neue Klassenkameradin, die mich mit ihrer unerbetenen Zuneigung verfolgte, ein unappetitliches Mädchen mit fahlgelben Zöpfen und farblosen Augen, deren Ränder entzündet waren. Eines Morgens, als ich in der Pause wie üblich am Zaun vor mich hindöste in der Hoffnung, in Ruhe gelassen zu werden, kam Polinda wieder auf mich zu. Sie fragte, ob ich denn wisse, woher die Kinder kämen, und als ich sagte, dass ich keine Kinder möge und sie lieber gehen als kommen sehen würde, prustete sie los und schlug sich vor Vergnügen auf ihre pickligen nackten Knie. Mili, die das Mädchen nicht ausstehen konnte, kam auf das Gelächter hin herbei und fragte mit einem bösen Blick in ihre Richtung, warum dieses Miststück so kichern musste. Noch immer feixend sagte

Polinda es ihr, »aber«, fügte sie hinzu, »vielleicht weißt du ja auch nicht, woher die Kinder kommen«. Zu meiner großen Verwunderung lief Mili rot an. Sie knurrte, sie wisse alles darüber und dass sie nicht so blöde daherreden solle, und dann rannte sie auf die andere Seite des Schulhofs. Obwohl ich noch immer nicht neugierig war, ging es gegen meine Ehre, etwas nicht zu wissen, über das die zwei Jahre jüngere Mili wohlinformiert zu sein schien, und ich sagte zu Polinda, dass sie mich aufklären dürfe.

Sie begann mit der Frage, ob ich schon Blut hätte, und meine Antwort, dass ich dachte, genau so viel Blut zu haben wie jeder andere, schien sie wieder sehr komisch zu finden. Darauf erläuterte sie mir, was mir nach Art der Frauen noch bevorstand, »und das ist noch gar nichts«, sagte Polinda, als sich mir fast der Magen umdrehte, »dann fängt es erst an, gefährlich zu werden. Männer haben was, was wir nicht haben, und davon kriegt man Kinder. Wenn sie verheiratet sind, stecken sie es in ihre Frauen, während die schlafen, aber es kann auch auf der Straße passieren, wenn viel los ist. Wenn du zum Beispiel beim Feuerwerk zuschaust, musst du immer aufpassen, dass kein Mann direkt hinter dir steht, denn das Gruselige dabei ist, dass man nichts davon merkt, wenn sie mit dem Ding zugange sind, und bevor du dich versiehst, kriegst du ein Kind.« Ich sagte, dass ich kein Wort davon glauben würde und nichts mehr mit ihr zu tun haben wolle. Da fing sie zu heulen an, ich könne jeden fragen, ob das die Wahrheit wäre. Ich hörte nicht auf ihr Geflenne und rannte über den Pausenhof zu Mili. Klembem seilte sich an einem Spinnenfaden ab. »Du kannst Polinda gegenüber zwar so tun, als ob du ihr kein Wort glaubst«, fiepte er, »aber du müsstest es eigentlich besser wissen. Denk daran, wie oft die Großen so grässlich über etwas lachen, was du nicht verstehst, und wie sie noch viel lauter lachen, wenn du sie bittest, es dir zu erklären.«

Ein Blick auf mein entsetztes Gesicht reichte Mili.

»Das Miststück hat es dir erzählt.«

»Ja.«

Das war alles. Wir sprachen nicht mehr darüber, aber auf dem Schul- und Heimweg waren wir nicht mehr Frau Antonius und Frau Nilsen, uns war vorläufig die Lust auf Ehemänner und Kinder vergangen.

VII

Wir waren gut einen Monat zu Hause, als Lucies Geschenk eintraf, eine kalbslederne Notentasche mit einem Futter aus tabakfarbener Moiréseide. Auf der linken Ecke der Klappe stand mein Name in Schreibschrift. Es sah aus, als ob die Buchstaben mit einem in flüssiges Silber getauchten Pinsel aufgemalt wären. In der Tasche fand ich meinen ersten Brief von Lucie, und dieser Schatz war noch kostbarer als die Tasche selbst.

Dies hier ist ein Geschenk von allen. Das Leder ist von mir, das Futter von Bertha, Salvinia und Menie, und mein Vater hat Deinen Namen von einem seiner Freunde, einem berühmten Goldschmied, gravieren lassen. Gabriel hat alles ordentlich zusammengenäht, ich weiß nicht, wie viele Stunden er dafür aufgewendet hat. Wir hoffen, dass Du die Tasche schön findest, und wir hoffen auch, dass Du bald wieder hierherkommen wirst. Wir vermissen Dich alle jeden Morgen, und Gabriel und ich außerdem noch am Sonntagnachmittag. Mein Vater würde Dich bestimmt auch

114

herzlich grüßen, wenn er hier wäre. Er ist derzeit auf
einem Kurzurlaub in Frankreich.
Viele Grüße von
Lucie, Gabriel, Salvinia Natans, Menie Oberberg,
Bertha Zuil

Jeder der Unterzeichner bekam einen Dankesbrief von
mir. Lucie flehte ich darin an, mir doch bald wieder zu
schreiben. Wie alle verliebten Seelen fand ich, dass sie
immer zu wenig und zu kurz über alle besonderen Vor-
kommnisse im Hause Mardell berichtete, obwohl ich
ziemlich regelmäßig Post von ihr bekam. Gabriel wurde inzwischen viel besser entlohnt. Er hatte einen neuen
Anzug gekauft und den freudigen Moment genossen,
als er seiner Mutter verkündete, von nun an nicht mehr
für andere kochen und flicken zu müssen; heimlich tat
sie es trotzdem, auch wenn er ihr das streng verboten
hatte. Bertha war am Blinddarm operiert worden, aber
zum Glück schon wieder fast genesen. Menie und Salvinia hatten endlich feste Heiratspläne. »In zehn Jahren wird vielleicht was daraus«, schrieb Lucie, mit einem
dicken Strich unter vielleicht. Sie schloss ihre kurzen
Briefe mit »Komm bald wieder, Du fehlst mir«, was mir
jedes Mal Schmerzen in der Gegend bereitete, wo ich
mein Herz vermutete.

Ich hob die Briefe in einem kleinen Kästchen auf, das
ich bis dahin nicht verwendet hatte, weil es einfach zu
schön war. In einem seiner seltenen Anfälle von guter

Laune hatte Milis Großvater ihr und mir je eines vermacht. Die Kästchen waren aus rotem Samt und mit perlmutternen Schneckenhäuschen beklebt. Mitten im Muschelgarten auf dem Deckel wuchs, unversehens, eine steinharte, eiförmige, rotsamtene Erhebung, »das ist ein Nadelkissen«, erklärte Opa Harry, »aber nur für ganz mutige Nadeln«.

Auf der Innenseite des Deckels befand sich, hinter einem Glasplättchen, eine Ansicht vom Pier. Auf dem Glas stand in rosa Schnörkelschrift: »Salutations affectueuses de Scheveningue«, denn Opa Harry hatte seine Ausbildung in Paris genossen und war leidenschaftlich frankophil. In den fünf Souvenirläden, die ihm gehörten und touristisch-strategisch über den Badeort verteilt waren, waren sämtliche Mitteilungen an die geschätzte Kundschaft in Französisch verfasst, allerdings in einem höchst eigenwilligen Stil. Und jeder Satz, den er in seiner Muttersprache von sich gab, war mindestens mit einem »oh, là, là!« oder einem »tiens, tiens!« garniert.

Er ging immer im »Jacquet« und trug zu jeder Jahreszeit weiße Gamaschen über den spitzen Lackschuhen. Außer für das Frankreich seiner jungen Jahre, für Mili, deren Mutter und die Kabarettsängerin Mistinguett kam kein freundliches Wort über seine Lippen. Er hasste und verachtete die Menschheit im Allgemeinen, ganz besonders die Deutschen und seine Ehefrau, die dieser Nation angehörte. Obwohl sie ihm tüchtig und fleißig half, sein Ladenreich zu führen, konnte sie es ihm nie recht machen, und er sprach konstant von ihr als »Mommaleur«. Es hat eine ganze Weile gedauert, bis ich dahinterkam, dass dieses kuriose Wort etwas mit Unglück zu tun hatte.

Da Opa Harry ständig auf irgendetwas oder irgendwen wütend war, wunderten Mili und ich uns nicht, ihn schon im Hauseingang zetern zu hören, als wir eines Nachmittags aus der Schule kamen.

Wir waren gerade dabei, uns nach oben zu verdrücken, als sich die Zimmertür öffnete und Tante Eva heraustrat. Mit tränennassen Augen und bebenden Mundwinkeln sagte sie, wir dürften nicht nach oben, sondern müssten ihr helfen, ihren Vater zu beruhigen, der völlig durchgedreht sei.

Mili und ich sahen uns an, wir wussten, dass sie reinen Unsinn redete: Opa Harry war nicht zu beruhigen, wenn er seinen Rappel hatte, und ganz bestimmt nicht von uns, aber Tante Eva war zu sanftmütig, um ehrlich zuzugeben, dass sie uns auch an dem Spaß teilhaben lassen wollte. Mili seufzte und fragte, was denn jetzt wieder verkehrt sei.

»Eigentlich nichts«, kicherte ihre Mutter, »Onkel Bobby kommt zurück.«

Onkel Bobby, sagte sie mir, sei ihr jüngerer Bruder. Er sei lange Zeit ein ganz schwarzes Schaf gewesen, »der arme Junge«, und obwohl er sich, wie es schien, gebessert habe, wolle sein Vater auch weiterhin nichts mit ihm zu tun haben. Er war noch wütender, weil sich herausgestellt hatte, dass das Malheur, insgeheim und gegen seine strengen Anweisungen, die ganze Zeit mit dem Nichtsnutz Kontakt gehalten hatte.

Es war Opa Harry entgangen, dass seine Tochter das Zimmer verlassen hatte, und auch unser gemeinsames Eintreten wurde nicht bemerkt. Er lag auf dem Diwan, zischte und krümmte sich wie eine Natter, gefangen in einem Selbstgespräch, das er mit immer denselben Worten unausgesetzt wiederholte.

Es war zu komisch.

»Der Herr muss so nötig in die Türkei, für Zigaretten …«

»Papa wird schon zahlen …«

»Der Herr kommt zurück. Ohne Zigaretten, ohne Geld, aber mit einem Fez auf dem Hintern.«

»Papa wird schon zahlen …«

»Der Herr muss nach Amerika …«

»Papa soll alles vergeben und vergessen, weil der Herr mit einer fetten Garn-und-Bandjüdin* zurückkommt.«

Opa Harry war Jude und Antisemit; das kam unter seinen Zeitgenossen durchaus häufiger vor. Es bereitete ihnen ein ziemlich unschuldiges Vergnügen, das der Gaskammergeneration nicht mehr gegeben ist.

Mili und ich bezogen Stellung vor dem Diwan, damit uns nichts entging, wir waren noch zu verblüfft, um darüber lachen zu können, was er vor sich hinsagte, aber jedes Mal, wenn der Fez wieder zur Sprache kam, zwickten wir uns vor lauter Wonne gegenseitig in die

Arme. Doch alles hat einmal ein Ende. Opa Harry ging die Luft aus. Er spulte zum letzten Mal, ein wenig langsamer und mit größeren Pausen, seine Sätze ab, und bei »Der Herr muss nach Amerika ...« konnte er nicht mehr weiter und fiel, kreidebleich, mit geschlossenen Augen, hintenüber. Tante Eva gurrte, »und er kommt zurück mit einem Wolkenkratzer auf seinem Du-weißt-schon-was«, und das war zu viel für Mili und mich, wir kugelten uns auf dem Boden und hielten uns den Bauch vor Lachen.

Opa Harry richtete sich nach einer Weile wieder auf und fragte erstaunt, worüber wir uns so amüsierten. Daraufhin bat er um eine Tasse Kaffee, trank sie ruhig aus und plauderte, für seine Verhältnisse überaus freundlich, mit uns über Gott und die Welt und die Mistinguett. Er wirkte ein bisschen verlegen wegen seines wunderlichen Benehmens. Erst als er das Zimmer verließ, kam er auf die Heimkehr des verlorenen Sohnes zurück.

»Du kannst tun und sagen, was du willst, Eva«, sagte er, die Hand auf der Türklinke, »aber mit diesem ›mauvais garnement‹ will ich nichts mehr zu tun haben.« Nachdem er die Tür hinter sich zugezogen hatte, bemerkte Tante Eva erfreut, dass er Französisch gesprochen habe und alles wieder in Ordnung sei. Wir hätten ihr prima geholfen.

Das schwarze Schaf war so vernünftig, vor seiner Rückkehr all seine Schulden zu begleichen. Als er in einem lilienweißen Wagen vorfuhr, schloss ihn Opa

Harry gerührt in die Arme, und das Malheur war zum ersten Mal seit Jahren glücklich.

Für Mili und ihre Mutter brach eine aufregende Zeit der Einladungen und Ausflüge an. Tante Garn-und-Band (Mili nannte sie kurzweg Garn, und ihren wahren Namen erfuhr ich nie) war eines dieser überlauten Frauenzimmer, die unglücklich sind, wenn sie nicht immer eine Riesenschar um sich haben. In Nu gelang es ihr, der unüberhörbare Mittelpunkt ihrer angeheirateten Mischpoke und eines großen Kreises frischgebackener Freunde und Freundinnen zu werden. Der Einzige, der sich der allgemeinen Verbrüderung verweigerte, war Onkel Wally, der von Tag zu Tag vergrämter wurde und Zuflucht bei uns suchte, wenn Frau und Tochter sich wieder einmal verlustierten.

»Die ganze Welt ist nicht mehr als die Leute im Treppenhaus«, sagte er düster.

Er erzählte von einem liederlichen Mädchen, das endlich wieder zu seiner Mutter, im dritten Stock im Hinterhaus, zurückkam und von dieser wütend mit »Die ganze Welt zerreißt sich das Maul über dich« empfangen wurde. Worauf die junge Frau, alles andere als eine reuige Sünderin, geantwortet hatte: »Ach Mutter, die ganze Welt ist nicht mehr als die Leute im Treppenhaus.«

»Das stimmt«, fuhr Onkel Wally fort, »jeder kennt das, und dieser verdammte Bobby, der meine ganze Familie in Aufruhr versetzt, hat so lange keine Ruhe gegeben, bis er hier, wo er mal ein kleiner Junge war, mit seinem Reichtum protzen konnte.« Mein Vater antwortete, es sei doch schön für die Familie, dass es Bobby jetzt so gut ginge. Onkel Wally schüttelte den Kopf: »Ich kann nichts dafür«, sagte er, »aber trotz allem halte ich ihn für einen Schaumschläger. Ich sehe schon eine faustdicke Schaumkrone auf allem liegen.«

Von Mili hörte ich, dass er sich täglich eine schriftliche Erklärung zukommen ließ und damit ihr und ihrer Mutter das Feiern ziemlich vermieste.

Wäre nicht die ständige Sehnsucht nach Lucie gewesen, hätte ich meine Sommerferien genossen. Auch Mili, deren Leben fast nur aus Vergnügungen bestand, sah ich viel weniger als sonst.

Die Sorgen, die sich heutige Eltern um die Freizeitgestaltung ihrer Sprösslinge machen, quälten die meinen nicht. Meine Unterhaltung bestand darin, jeden Sonntagnachmittag mit meinem Vater das Mauritshuis oder den Tiergarten zu besuchen. Wegen des vielen Regens in unseren Breiten war das Mauritshuis öfter dran. Wir kannten alle Museumswächter mit Vor- und Zunamen, und sie behandelten uns mit der Ehrerbietung, die treuen Kunstkennern zukommt.

Der Haager Tiergarten unterschied sich positiv von anderen, weil er außer ein paar staubigen Äffchen, einem Fuchs und einem Bären keine eingesperrten Tiere beherbergte.

Der Garten an sich wirkte ziemlich verwildert, aber

in den gut gepflegten Gewächshäusern verbrachten wir manch zufriedene Stunde.

Ansonsten hätte ich am liebsten den ganzen Tag Klavier gespielt, doch ich musste meine Extraaufgaben fertig bekommen und außerdem auf die Nachbarn von unten Rücksicht nehmen, die mich bestimmt oft verwünscht haben. Ins Kino durfte ich nicht, weil es, wie meine Mutter ganz sicher zu wissen meinte, der Sehkraft junger Augen abträglich war, und Schwimmen im Meer erlaubte sie nur, wenn das Land von einer Hitzewelle heimgesucht wurde. Der Gedanke, dass ich ein langweiliges Leben hatte, ist mir damals aber trotzdem nie gekommen.

Auf die Insel ging ich nicht mehr, ich hatte zu viel damit zu tun, Lucie aus brennenden Häusern zu retten oder ihre Brautjungfer zu sein, wenn sie den Prinzen von Wales heiratete, der damals noch Junggeselle war und die einzige Partie, die für sie in Frage kam. Da er von königlichem Geblüt war, machte es nichts aus, dass er ein Goi war, das konnte man eindeutig im Buch Esther nachlesen.

Leider lebten meine Eltern in Frieden und Eintracht miteinander, und ich hatte schon jede Hoffnung auf eine Reise nach Antwerpen fahren lassen, als sich plötzlich von unerwarteter Seite Hilfe bot.

Bobby und Garn waren mit einem Teil ihres Hofstaats für eine Woche nach Ostende gefahren und luden Tante Eva und Mili ein, sie einen Tag zu besuchen; der Chauffeur werde sie in dem sahneweißen Spyker abholen und wieder zurückbringen. Tante Eva meinte, es sei ewig schade, wenn zwei Plätze in der luxuriösen Limousine unbesetzt blieben, und weil Antwerpen auf dem Weg nach Ostende lag, fügte sie hinzu, wir könnten uns doch dieses Himmelsgeschenk einer Gratisfahrt zu unserer Verwandtschaft nicht entgehen lassen.

Es wurde eine königliche Fahrt. Innen war das Auto ein Nest aus lila Samt, in dem mit rosaroten Nelken gefüllte Kristallvasen hingen. Tante Eva hatte einen Picknickkorb dabei, bis oben hin gefüllt mit kaltem Huhn und Törtchen. »Man kann nie wissen«, sagte sie, »bei einem Platten oder so ist es immer sicherer, ein bisschen Essen mitzuhaben.«

Wir hatten keine Zeit, unseren Überfall anzukündigen, und kamen meiner Großmutter sehr ungelegen.

Am selben Abend sollte eine Zionistenversammlung bei ihr stattfinden, und Rosalba war mit den Dienstmädchen eifrig dabei, Stühle in Reihen aufzustellen, als wir sie mit unserem Besuch überraschten, während Großmutter die Zimmer mit blauen und weißen Blumen, den Farben der Bewegung, schmückte. Herzl stand bei ihr in hohem Ansehen, sein Porträt hing neben dem meines Großvaters. Ich habe sie lange für Brüder gehalten, weil Großvater ebenfalls einen schwarzen Bart hatte und auf dem Foto bemüht war, dem Begründer des Zionismus möglichst ähnlich zu sehen.

»Gütiger Himmel«, sagte Großmutter, »diesmal

könnt ihr leider nicht bleiben, der Sprecher von heute Abend übernachtet bei uns.«

Meine Mutter konnte ihr die frohe Botschaft mitteilen, dass wir heute Abend sowieso wieder verschwinden würden, und ich schlich aus dem Haus, zu Lucie.

Sie war nicht da. Klembem hatte es prophezeit, dass sie nicht da sein würde. Ihr Vater, Menie, Salvinia und Bertha dagegen wohl. Gabriel war nach Brüssel gefahren, zur Börse, sagte Herr Mardell. Er verstand meine Enttäuschung. Lucie war mit einer Freundin in Brügge, sie wollte erst spät zurückkommen. Hätte ich ihr rechtzeitig Bescheid gegeben, dann hätte sie ihren Ausflug bestimmt verschoben. Bevor ich mich versah, hatte ich ihm schon alles von Bobby und Opa Harry und sogar von den schriftlichen Erklärungen von Onkel Wally erzählt.

Herr Mardell war ein begnadeter Zuhörer.

Am Nachmittag waren auch die Tanten nicht besonders erfreut, uns wiederzusehen. Bei Tante Sonja wurde ich in den Garten geschickt, und als ich wiederkam, saß sie da und schluchzte, während meine Mutter ihr mit tröstenden Lauten den Kopf streichelte. Onkel Isi wandelte noch immer auf dem Pfad der Untugend.

Wir erlebten noch den Anfang des Zionistenabends, denn Bobby und Garn konnten sich nur schwer von Mili und ihrer Mutter trennen, und so wurden wir viel später abgeholt als verabredet. Ich hatte ein Plätzchen gefunden, von wo aus ich Lucies Haus im Blick behalten konnte, aber sie kehrte vor unserer Abfahrt nicht zurück.

Auf der Rückfahrt war keine Zeit zum Trübsalblasen, denn Tante Eva und Mili hatten viel zu erzählen, vom Spielsaal, wo sie zwanzig Francs gewonnen hatten, und von Garn, die am Abend zuvor eine kostbare Perlenkette verloren hatte, sich aber nichts daraus machte, denn sie hatte bestimmt fünf davon, eine schöner als die andere.

»Es muss doch herrlich sein, so reich zu sein«, sagte Tante Eva, »und sie ist so großzügig, sie gibt alles für andere her. Sie würde euch gern einmal kennenlernen.«

Wir schwiegen, mein Vater hatte uns, aus Solidarität mit Wally, jeden Umgang mit dieser Dame verboten.

»Falderappes*«, so nannte er sie, und wenn er das von jemandem sagte, war es sein letztes Wort.

Ein paar Tage darauf bekam ich einen Brief von Lucie, in dem sie mir in den schmeichlerischsten Worten ihr Bedauern ausdrückte, meinen unverhofften Besuch verpasst zu haben.

Auch Großmutter schrieb, dass sie es schade fand, so wenig Zeit für uns gehabt zu haben, und lud uns ein, an ihrem Geburtstag Ende August ein paar Tage zu bleiben. Um mir eine weitere Enttäuschung zu ersparen, schrieb ich umgehend an Lucie mit der Frage, ob sie gerade in dieser Zeit einen Urlaub plane. Ihre Antwort war beruhigend; sie verreise lieber im Winter, und sie freue sich schon im Voraus auf unsere langen Spaziergänge.

Nun musste ich noch zehn Tage Juli und drei Wochen August überstehen, und es war keiner da, mit dem ich über Lucie reden konnte. Meine Mutter war ganz und gar gegen die Freundschaft, und Mili fand es komisch, dass ich jemand so altes so nett finden konnte.

»Du findest deine Tante doch auch nett.«

Eine Tante ist eine Tante, gab Mili zurück, das ist keine Freundin.

Nein, sie blieb bei ihrer Meinung. Mit meinem Vater konnte ich über Herrn Mardell reden, obwohl es alter Käse war, den ich vorgesetzt bekam, denn er wusste nicht viel mehr über ihn zu sagen, als dass dieser überaus kunstverständig war und schon früher einen untrüglichen Geschmack gehabt hatte, damals, als sie mehr oder weniger miteinander befreundet gewesen waren.

Die Sommertage zogen sich hin, bis endlich der Tag kam, an dem wir losfuhren. An Großmutters Geburtstag, der all ihre Kinder und Enkelkinder wieder unter dem elterlichen Dach vereint hatte, wurde pausenlos geredet, gelacht und gegessen. Alkoholhaltige Getränke wurden bei dieser Festlichkeit nicht gereicht, wohl aber Hektoliter Kaffee.

Alle fanden mich unartig und herzlos, weil ich am großen Tag der Familie zu einer Freundin gehen wollte. Man gab mir nur eine halbe Stunde Freigang. Ich telefonierte mit Lucie, und als ich, fast weinend, sagte, wie kurz ich nur bleiben dürfe, tröstete sie mich, dass wir in der Zeit doch eine ganze Menge besprechen könnten.

Ich fragte, wann ich zu ihr kommen solle, und zu meiner Verwunderung entgegnete sie, sie erwarte mich an unserer Spazierecke, um halb vier, weil es dieses Mal unmöglich sei, mich zu Hause zu empfangen, denn sie habe ein großes Geheimnis, von dem ihr Vater nichts wissen dürfe.

Sie hatte ihre Haare abgeschnitten.

»Oh, Lucie, wird dein Vater sehr böse sein?«

»Aber nein, du Dummerchen, ich trage es schon eine ganze Weile so. Im Gegenteil, er findet, dass es mir gut steht. Was meinst du dazu?«

»Du hast dir Dauerwellen machen lassen.«

Sie hatte es auch bleichen lassen, strohgelbe Locken umrahmten ihr Gesicht, das mir fremd war, weil sie sich stark geschminkt hatte. Es war nicht mehr meine Lucie.

»Früher fand ich es schöner.«

Sie lachte hell auf. »Du bist zu konservativ für dein Alter. Schau mal, wer da ist?«

Sie sprach anders, sie lachte sogar anders.

Ein Paar Hände bedeckten plötzlich meine Augen. Als ich mich davon befreite und umdrehte, sah ich Gabriel.

Auch das noch.

Gabriel war ganz nett, und er konnte wirklich gut über Antwerpen erzählen, aber dass ich Lucie in dieser kostbaren halben Stunde mit ihm teilen musste, ging mir doch zu weit. Ich begrüßte ihn ein bisschen steif.

Er glich nicht mehr dem Engel Gabriel.

Er war breiter geworden, er trug einen ordentlichen

hellgrauen Anzug, und sein Haar war mit Pomade bearbeitet. Das sah zwar gepflegter aus, aber zugleich viel gewöhnlicher. Er trug einen goldenen Siegelring mit einem grünen Stein, in den ein großes G graviert war. Auch seine Stimme war anders.

Das alles war schon ein bisschen gruselig. Die halbe Stunde zog sich ziemlich hin.

»Bist du nicht neugierig?«, fragte Lucie. »Kannst du es nicht erraten?«

Nein, das konnte ich nicht. Lucie hängte sich bei Gabriel ein. »Ihr müssen wir es erzählen, nicht wahr?«

Er nickte: »Sie hat genug dazu beigetragen.«

»Nun«, sagte Lucie, »dann wollen wir mal: Gabriel und ich lieben uns schon sehr lange und wir haben uns verlobt, aber vorläufig ist das noch ein Geheimnis, sogar vor meinem Vater und Gabriels Mutter.«

Wenn sie mir plötzlich mit einem Hammer auf den Kopf geschlagen hätte, wäre ich nicht entsetzter gewesen. Ihre Augen und ihr halb geöffneter Mund glänzten feucht. Die Innenseite ihrer Unterlippe wirkte krankhaft blass gegenüber dem grellen Zyklamrot ihres Lippenstifts, den sie verschwenderisch aufgetragen hatte.

Die stolze, selbstsichere Lucie ... sie sah so hilflos aus, und sogar ein bisschen dumm.

Es war beängstigend und unbegreiflich.

»Willst du uns nicht endlich gratulieren?«, drängte sie mit knallrot lächelndem Mund. Ich drückte ihre ausgestreckten Hände und murmelte etwas, das, wie ich hoffte, passend war.

»Wenn du eine gute Freundin bist, darfst du nicht eifersüchtig sein«, fand Lucie. Entrüstet wies ich das zurück, das war ich nicht, nur sehr überrascht. Gabriel behauptete, das sehr gut verstehen zu können, er wisse auch nicht, was sie an ihm fand. Ich fragte, warum sie ihre Verlobung geheim halten müssten vor Herrn Mardell, der doch so viel von Gabriel hielt.

»Gerade deshalb«, sagte Lucie mit dem bekannten missmutigen Zug um den Mund, und Gabriel erklärte, dass er sich, eben weil Lucies Vater ihm so viel Vertrauen entgegenbrachte, verpflichtet fühle zu beweisen, was er wert sei, bevor er ihn um die Hand seiner Tochter bat.

Danach begannen sie, mich um die Wette in den Himmel zu heben. Wenn ich nicht gewesen wäre mit diesen Sonntagnachmittagsspaziergängen, hätten sie sich nie besser kennengelernt. Sie seien mir so dankbar; sie würden mich immer als ihre gute Fee betrachten, ihre allerallerbeste Freundin …

Warum durfte Gabriels Mutter es nicht wissen?

Weil sie den Mund nicht halten konnte. Wenn sie es wusste, wüsste es am nächsten Tag die ganze Pelikaanstraat, sagte Gabriel, und er fragte, ob es mir schwerfallen würde, ein Geheimnis zu bewahren. Nein, sie konnten beruhigt sein. Ich würde es keinem verraten. Wir waren, wegen der ganzen Aufregung, sehr schnell gegangen, und ich merkte erschrocken, dass wir fast am Ende der Meir angekommen waren und ich unmöglich um vier Uhr zu Hause sein konnte. Gabriel schlug vor, die kleine Kapelle zu besichtigen, wo Johanna die Wahnsinnige nicht getraut wurde – die richtige Kirche lag ganz in der Nähe –, und ich war sowieso schon zu spät dran, also kam es nicht mehr darauf an. Lucie weigerte sich, weil sie keine Lust hatte, sich einen Ort anzusehen, wo jemand nicht getraut wurde, es würde ihr vielleicht Unglück bringen, wenn sie jetzt dort hinging.

»Johanna hat schließlich doch geheiratet«, dozierte Gabriel, »aber nicht in dieser allerliebsten, kleinen Kapelle, die man hier für sie vorbereitet hatte, und es wäre eigentlich auch viel besser für sie gewesen, wenn sie ganz auf diese Ehe verzichtet hätte.«

»Siehst du wohl!«, sagte Lucie. »Da will ich garantiert nicht hin.«

»Wer redet denn jetzt Unsinn?«, fragte Gabriel.

»Ich«, gab Lucie zurück. »Gott sei Dank, zum ersten Mal in meinem Leben.«

Sie vergaßen, dass ich neben ihnen ging, bis wir wieder an unserem Ausgangspunkt angelangt waren.

Sie vereinbarten, dass Gabriel vorgehen und Lucie zehn Minuten später nach Hause kommen solle.

»Kommst du morgen zum Klavierspielen? Mein Vater findet es sicher herzlos, wenn du in der Stadt bist und ihn nicht begrüßt.«

Ich schwindelte, dass ich nicht wisse, ob wir am nächsten Tag noch da wären. »Ich werde nachsehen«, sagte Lucie, »und wenn du noch da bist, musst du rüberkommen.« Sie bot an, mich ins Haus zu begleiten und die Schuld für mein Zuspätkommen auf sich zu nehmen, aber ich versicherte ihr, dass ich es auch allein schaffen würde.

»Freu dich doch ein bisschen für mich«, flehte sie, »ich habe es nicht so leicht, wie du vielleicht denkst.« Ich beschwor sie, dass niemand auf der Welt sich mehr über ihr Glück freuen könne als ich. Es klang nicht sehr überzeugend.

Im Haus fand ich auf der Treppe ein betrübtes Häufchen kleiner Neffen und Nichten im Sonntagsstaat. Sie warnten mich, nach oben zu gehen, denn ich würde doch wieder weggeschickt, genau wie sie, mit der strengen Ermahnung, mucksmäuschenstill zu sein.

»Das Mensch« war mit Onkel Isi mitgekommen, und alle waren böse. Ich hatte so viel über das Mensch gehört, dass ich es einmal mit eigenen Augen sehen wollte, aber es ging nicht an, das dem kleinen Gemüse auf die Nase zu binden. Scheinheilig behauptete ich, ich würde mich verpflichtet fühlen, nach oben zu gehen, weil man vielleicht wegen meines langen Ausbleibens beunruhigt sein könnte.

In dem voll besetzten Raum herrschte Totenstille. Die erwartete Standpauke blieb aus, und Großmutter gab mit einer matten Handbewegung zu erkennen, dass ich mich setzen dürfe.

Sie und die Ihren, Oma Hofer und Rosalba saßen in einem großen Kreis. Schweigend starrten sie vor sich hin.

Es wurde kein Bissen gegessen und kein Schluck getrunken. Onkel Isi hatte die unerhörte Frechheit besessen, Frau und Kinder zum Geburtstagsfest zu schicken, und später in Gesellschaft der Dame seines Herzens zu erscheinen. So etwas war bei uns noch nie vorgekommen, und der Schelm schien das Entsetzen zu genießen.

»Der Mensch soll essen«, sagte er, während er einen Teller mit Leckereien vollschaufelte und frohgemut zu verschmausen begann. Der ungebetene Gast gewann sofort meine Sympathie durch die spöttische Bemerkung, dass er nicht immer von sich als »der Mensch« reden solle.

»Wenn du so weitermachst, fangen wir an zu zweifeln, ob du ein Mensch bist, vielleicht bist du ja auch nur ein schönes Tier.«

Ein hörbarer Schauder des Entsetzens fuhr durch das Gefolge.

Notgedrungen, es war kein Stuhl an den Wänden frei, saß ich mitten im Zimmer, zusammen mit den Bösewichtern. »Das Mensch« war klein und schmächtig und hatte goldblondes Haar. Ich stellte fest, dass sie überhaupt nicht so hübsch war wie Tante Sonja, die immer, und ganz sicher in diesem Augenblick, wie eine schöne, traurige Madonna aussah. Die Blondine hatte ein lustiges

Lausbubengesicht mit einer Stupsnase und riesengroßen hellblauen Augen, eingerahmt von langen, schwarzen Wimpern. Die waren falsch, mit Papierstreifchen auf ihre Lider geklebt, aber es sah einfach umwerfend aus. Unablässig schwatzte sie mit einer hohen, betont kindlichen Stimme auf mich ein. Ich erntete böse, vorwurfsvolle Blicke meiner Blutsverwandten, weil ich laut lachte, als sie erzählte, dass ihre Küchenhilfe gesagt hatte, sie würde das »Komplott« mitten auf den Tisch stellen, weil das »defektvoller« sei.

Onkel Isi starrte sie verzückt an, obwohl sie ständig Dinge tat, die er seiner eigenen Frau strengstens verboten hatte. Sie zündete eine Zigarette nach der anderen an, sie puderte sich die Nase, zog sich alle paar Minuten die Lippen nach, und sie hatte viel an Onkel Isis Manieren auszusetzen. Sie sagte ihm unter anderem, dass sie nichts dagegen hätte, wenn er ihr auch ein Tellerchen mit Leckerbissen brächte.

»Aber du isst doch nichts, wegen deiner Figur«, rechtfertigte er sich ängstlich. Sie schmollte, dass ein Gentleman es ihr in jedem Fall angeboten hätte, und Onkel Isi, der seine Familie sonst tyrannisierte, schlug seine frechen, dunklen Kulleraugen verlegen nieder und lief rot an wie ein kleines Kind. Oma Hofer, die still vor sich hin schnaubte, hielt es nach einer Weile nicht mehr aus. Mit großem Tamtam stand sie auf und erklärte, sie für ihre Person ginge jetzt. Sie forderte den Rest der Gesellschaft auf, ihr zu folgen, und kündigte meiner geschlagenen

Großmutter an, dass sie am Abend alle wiederkämen, »wenn wir wieder ruhig untereinander sein können, schließlich ist es ein Familienfest«.

Sie marschierte an ihrem Sohn und dessen illegitimer Gesellin vorbei, als ob sie Luft wären, und die anderen, bis auf meine Großmutter, Rosalba und mich, folgten ihrem Beispiel.

Die Blondine meinte kichernd, als die Prozession abgezogen war, dass Isi sie jetzt allmählich nach Hause bringen könne. Sie hätte einen Heidenspaß gehabt. Sie dankte meiner Großmutter für den amüsanten Nachmittag, wünschte ihr noch viele gute Jahre und verschwand, noch immer kichernd, mit ihrem Anbeter im Schlepptau, in einer Wolke von Parfüm.

»Macht Durchzug, Fenster und Türen auf«, gebot die Großmutter, »ich kann den Gestank nicht ertragen.« Dann machte sie ihrer Empörung Luft. Ich bekam eins auf den Deckel, weil ich über den faden Witz gelacht hatte. Sogar Rosalba, die mich sonst immer verteidigte, meinte, das sei gemein von mir gewesen. Großmutter beklagte sich über ihren total verdorbenen Geburtstag. Rosalba sagte, dass alle Männer Schweine wären und Onkel Isi sei das größte Schwein von allen.

Oma Hofers Mut wurde gerühmt, obwohl sie gleichzeitig verdächtigt wurde, es doch genossen zu haben, dass sich das Debakel auf Großmutters Feier zugetragen hatte.

Mir war das Weinen näher als das Lachen, als ich den

beiden erbosten Frauen die Nähkästchen von oben holen musste. Dieser Nein-Tag schien kein Ende zu nehmen. Zuerst die Sache mit Lucie, und jetzt wieder das, ich konnte schließlich nichts dafür, dass ich über diese kauderwelschende Küchenhilfe hatte lachen müssen. Großmutters Nähkästchen war aus Ebenholz; im Deckel waren kunstvolle Blumenintarsien aus Perlmutt. Sie bewahrte darin Batist auf und die kostbaren Spitzen, aus denen sie ihre Jabots und Taschentücher nähte. Der nie kleiner werdende Berg Socken, den Rosalba zu stopfen hatte, war in einer mit Blümchenpapier beklebten Pappschachtel, die sie an einem ihrer Geburtstage, mit Pralinen gefüllt, geschenkt bekommen hatte.

Großmutter, in ihrem elegantesten Seidenkleid, und Rosalba, wie immer in weißer Bluse und einem engen schwarzen Rock, der bis auf ihre Schuhe reichte, saßen sich am Fenster gegenüber, und das Wiedersehen mit den vertrauten Kästen vertrieb jede Verstimmung. Sie setzten ihre Brillen auf, sichtlich erfreut, wieder an die Arbeit gehen zu können.

Ich merkte plötzlich, dass ich Hunger hatte, und fragte, ob ich etwas von den kaum angerührten Leckereien nehmen dürfe.

»Der Mensch soll essen«, sagte Großmutter und begann plötzlich so herzhaft zu lachen, dass sie ihre Handarbeit hinlegen musste.

Nun kam die Wahrheit ans Licht. Sie bekannte, dass sie während des Besuchs von Isi und dieser komischen

Person die größte Mühe gehabt hatte, nicht laut loszuprusten.

Denn komisch war sie, das musste Rosalba, die nicht einmal alles, was sie gesagt hatte, verstehen konnte, auch zugeben. Und elegant! Das sandfarbene Kostüm konnte keinen Cent weniger als fünfhundert Gulden gekostet haben, und natürlich hatte Isi es bezahlt, das kannst du mir glauben. Sonja war viel schöner und eine wunderbare Frau und Mutter, aber trotzdem war meine Großmutter, wie sie behauptete, objektiv genug, um zu begreifen, dass sie ihren Mann mit ihrer ewigen Bravheit des Öfteren langweilen musste. Obwohl sie ihre guten Eigenschaften zu Beginn eines jeden Satzes um die Wette priesen, wurden Tante Sonjas Schwächen von Großmutter und Rosalba gehörig unter die Lupe genommen. Nachdem sie damit ihre Schadenfreude gerechtfertigt hatten, käuten sie das Vorgefallene noch einmal von A bis Z wieder, bis sie zufrieden einschlummerten. Ich saß neben Rosalba auf einem hohen Hocker, mit einem Strang Wolle um die Arme. Mit dem Knäuel, das sie gerade aufwickelte, noch in der Hand, saß sie, den Kopf auf ihrer flachen Brust, da und schnarchte. Rosalbas Schnarchen bestand aus einem verhauchenden Flöten, das ihrer Nase zu entweichen schien, und gleichzeitig brachten ihre Lippen eine Art Brutzeln hervor.

Großmutter, weniger virtuos, holte nur ganz tief Luft und ächzte ab und zu leise. Ich hatte gelernt, dass einem nur wenige Schandtaten auf Erden oder im Jenseits so sehr übel genommen werden, wie alte Menschen in ihrem Schlaf zu stören. Behutsam ließ ich die Wolle auf meinen Schoß gleiten, wagte aber keinen Finger zu rühren.

Gegenüber war eine Apotheke, an der Ecke einer Seitenstraße. In dem Schaufenster, das zu uns zeigte, prangten zwei riesige Glasflakons, von denen einer mit einer orangefarbenen und der andere mit einer blaugrünen Flüssigkeit gefüllt war.

In ihren farbigen Bäuchen fingen sie das Sonnenlicht, und ich starrte sie an, bis ich Regenbogen sah, sobald ich die Augen schloss. Sonst gab es wenig anderes zu betrachten als das Porträt meines Großvaters, das hinter Großmutters Stuhl an der Wand hing. Er war schon vor meiner Geburt gestorben und von ihm war nichts geblieben als ein paar abfällige Sätze, die wie Orakelsprüche bei uns fortlebten, und die schmale, gerade Nase, auf die seine Nachkommen stolz waren, wenn sie das Glück hatten, ihm ähnlich zu sehen. Meine Füße schliefen ein, aber der Rest blieb hartnäckig wach. Ich wollte gerade einen Fluchtversuch wagen, als ich merkte, dass die beiden Frauen nicht mehr schnarchten. Meine Großmutter hing schief in ihrem Lehnstuhl, mit weit offenem Mund. Rosalba lehnte, schlaff wie eine Marionette, am Fenster. Beide leichenblass; sie waren tot, und wenn ich nicht rasch Hilfe holte, würden mich alle verdächtigen, sie heimlich ermordet zu haben. Dagegen sprach, dass es mir auch sehr übel genommen würde, wenn ich die Leichen allein ließe.

Es war schon traurig, dass mein armes Großmütterchen an seinem Geburtstag sterben musste, und wie passend, dass ihre treue Gehilfin sie nicht einmal im Tod im Stich ließ; aber würde man nicht mir die Schuld zuschieben und ich im Gefängnis landen? Oder steckten sie Minderjährige in eine Besserungsanstalt?

Was für eine Schande musste das sein, eine Tochter zu haben, die schon im Alter von zwölf Jahren zwei Frauen ermordet hatte und dazu noch so brave Wesen, die stets nur freundlich zu ihr gewesen waren! Ich bedauerte das Schicksal meiner Eltern sehr, mehr als das meiner Opfer, als Fredie und Charlie auf einem Mal laut »Hoch soll sie leben« sangen.

Großmutter und Rosalba erstanden von den Toten auf, und auf Fredies neckende Frage, ob sie wohlgeruht hätten, sagten beide, sie hätten kein Auge zugemacht, sie hätten beide über einer Handarbeit gesessen, den ganzen Nachmittag lang, nicht wahr, Gittel?

Mit zwei unaufgeklärten Morden auf dem Gewissen konnte ich das mit undurchdringlicher Miene bejahen.

»Besser so?«, fragte Lucie am nächsten Morgen auf dem Weg nach gegenüber. Sie hatte wieder ihr vertrautes liebes Gesicht und ihre Haare kräuselten sich nicht mehr so sehr wie gestern.

»Viel besser.«

Sie sagte, dass ich eine herrschsüchtige Person sei und

erinnerte mich, völlig überflüssig, an meinen Schwur. Er hatte mich um meine Nachtruhe gebracht.

Herr Mardell fand, dass ich nicht gut aussah. »Zu viel genascht?« Das auch, aber es war obendrein ein fürchterlich chaotischer Tag gewesen.

Hatte ich ihm vielleicht etwas Lustiges zu erzählen, wie letztes Mal über diesen Herrn, der sich selbst Briefe schrieb?

Wie konnte er nur glauben, dass ich diesen leidigen Unfug lustig fand? Ich müsse mich nicht schämen und dürfe es ruhig zugeben, sagte Herr Mardell. Es sei viel nützlicher, etwas Unangenehmem noch eine komische Seite abzugewinnen, als nach der nicht vorhandenen Sonnenseite zu suchen, wie allgemein empfohlen, obwohl die Leute es eigentlich besser wissen sollten. Ich wollte ihm nicht widersprechen, obwohl ich völlig anderer Meinung war.

Ich hätte ihm aus dem Stegreif eine ganze Reihe von Dingen aufzählen können, über die es nichts zu lachen gab: in die Schule gehen, Arons Tod, die Sticheleien der Familie über die wechselnden Geschäftsideen meines Vaters, Lucies Verlobung …

Stattdessen bekam er einen getreulichen Bericht von Onkel Isis Missetat, und ich wurde gerade mit einem kleinen Applaus für meine Darbietung von Oma Hofers »Ich gehe jetzt und fordere die Anwesenden auf, mir zu folgen« belohnt, als Lucie mit der Mitteilung ins Zimmer kam, dass meine Mutter sie telefonisch gebeten habe, mich unverzüglich zurückzubringen, weil wir aus unvorgesehenen Gründen mit dem nächstmöglichen Zug wieder nach Holland fahren wollten.

Herr Mardell bestand darauf, dass ich zurückrufen solle, um nach der Ursache der übereilten Abreise zu fragen. Er dachte, dass mein Vater krank geworden wäre. Ich vermutete eine Meinungsdifferenz mit dem einen oder anderen Anverwandten. Wir lagen beide daneben.

An diesem Abend sollte ein großes Fest im Hause von Onkel Wally stattfinden, und er bat in einem Telegramm meine Mutter, doch dabei zu sein. »Das ist doch ein erfreulicher Anlass«, sagte Herr Mardell. »Was für eine Erleichterung!«

»Hier ist es immer so still.«

»Ja, das werden Sie schon manchmal ein bisschen langweilig finden.« Ich musste nach den passenden Worten suchen, um ihm klarzumachen, dass ich gerade diese Ruhe so angenehm fand. Mili hatte recht – es war nicht leicht, mit älteren Leuten befreundet zu sein. Sie verstanden alles, was man sagte, nur halb oder falsch. »Muss sie nicht kurz Gabriel begrüßen, nachdem sie uns jetzt schon so schnell wieder verlässt?«

»Nein, Vater«, sagte Lucie, »sie muss jetzt wirklich gehen, sonst wird ihre Mutter richtig böse.« Ich wurde rot bis hinter die Ohren, und noch röter, als ich sah, dass Herr Mardell mich stillvergnügt und ein bisschen mitleidig ansah.

»Ich glaube, dass sie ihn gern kurz sehen möchte.«

»Oh nein, oh nein ...«, mir brach der Schweiß aus.

»Was hast du denn auf einmal?«, fragte Lucie ärgerlich.

»Ich muss echt weg, wirklich.« Hastig schüttelte ich ihnen die Hände und stürzte aus dem Zimmer.

Herr Mardell dachte, ich hätte ein Auge auf Gabriel geworfen.

Bei unserer Heimkehr stellte sich heraus, dass Onkel Wally mit seinem Schwager Frieden geschlossen hatte.

»Pack schlägt sich, Pack verträgt sich«, sagte mein Vater. Wir konnten ihn nur mit Mühe überzeugen, dem Versöhnungsfest beizuwohnen, aber am nächsten Morgen erzählte er beim Frühstück, dass Bobby ihn sehr angenehm überrascht habe. Sie hätten sich sehr vernünftig über die Möglichkeit unterhalten, mit Amerika Geschäfte zu machen, aber diese Frau war und blieb ein Stück Falderappes, mit dem man nicht umgehen konnte wie mit einem anständigen Menschen.

Die Ferien waren schon fast zu Ende, als wir die Todesanzeige von Baronin Bommens erhielten. »Jubelnd steht sie nun vor Gottes Thron«, wurde uns darin versichert. Sie jubelte bestimmt noch viel lauter, wenn sie dort den Baron wiedersah.

Mein Vater schrieb einen gefühlvollen Brief an die Hinterbliebenen und aus der Antwort »unseres Bommens« erfuhren wir, dass das Haus samt Möbeln und allem Drum und Dran verkauft werde. Lucien und Robert kämen auf ein Internat, und Madame Odette arbeitete seit ein paar Tagen in seinem Lokal …

Beim nächsten Logierbesuch bei der Großmutter würden wir uns nach einem anderen Nothafen umsehen müssen.

»Von der kühlen Hand des Todes«, murmelte ich vor mich hin, »wurde eine Tür auf ewig zugeschlagen.« Das fand ich so schön traurig und treffend formuliert, dass ich in Tränen ausbrach. Meine erstaunte Mutter meinte, sie habe gar nicht bemerkt, dass mir so viel an der alten Dame gelegen hatte.

Das Verscheiden der Baronin nahm mich so mit, dass ich sogar für Lucien und Robert ein gewisses Mitgefühl aufbringen konnte, die in diesem Internat bestimmt viel zu leiden hatten. Madame Odette, die nach einem Leben im Luxus plötzlich hart für ihren Lebensunterhalt arbeiten musste, bedauerte ich von ganzem Herzen.

Ich verbrachte die letzten Ferientage in Trauer.

»Erwachsensein bringt viel Kummer mit sich, aber man muss wenigstens nicht zur Schule«, sagte ich zu Mili, als wir zum ersten Mal wieder zu unserem täglichen Gang in den verhassten Klotz aufbrachen. Mili war ganz anderer Meinung. Sie ging gern zur Schule, und Großsein erschien ihr auch sehr vergnüglich. Man konnte so lange aufbleiben, wie man wollte, und Auto fahren und auf Feste gehen, wenn man Lust dazu hatte. Ich widersprach ihr nicht, obwohl ich es besser wusste. Erwachsensein bedeutete: Lügen erfinden, andere schlechtmachen, Geldsorgen und Bauchweh haben. Ich litt seit ein paar Monaten unter einem besonders widerlichen Ziehen im Unterleib. Meine Mutter sagte, da wäre nichts zu machen, das käme von der Natur, weil ich in Kürze eine richtige Frau sein würde. Es war ein Regel-Schmerz, ich verstand nicht, wie alle Frauen, die ich kannte, so fröhlich bleiben konnten, wenn sie ihn ständig ertragen mussten. Wahrscheinlich gewöhnte man sich mit der Zeit daran.

Mili fragte, wie es meiner Antwerpener Freundin ginge, und ich gab zurück, das sei ein Geheimnis, darüber dürfe ich nicht sprechen.

»Dann eben nicht«, sagte sie und zuckte mit ihren kleinen Schultern, »ich seh dich sicher bald wieder«, und dann rannte sie zu einer ihrer Schulfreundinnen hin.

Um halb zwölf lief sie aufreizend lachend und leise tuschelnd mit zwei anderen Mädchen nur wenige Schritte vor mir her nach Hause. Ich bereute meine Bemerkung. Es war nicht nett von mir gewesen, und großspurig, dieses Geheimnis zu erwähnen. Außerdem dumm, man stelle sich vor, dass sie es zu Hause erzählte und es auf irgendeinem Umweg Herrn Mardell zu Ohren kam.

Die beiden anderen Kinder bogen in eine Seitenstraße ab, und Mili ging tapfer pfeifend allein weiter. Ich holte sie ein.

»Sei doch bitte nicht mehr böse. Ich war doof.«

»Ja, das stimmt, und nicht nur ein bisschen.«

»Sind wir jetzt wieder gut?«

»Ja-a«, sagte Mili zögernd, »und trotzdem ist sie ein Miststück.«

Darüber wären bestimmt noch einige böse Worte gewechselt worden, hätten wir nicht genau in diesem Augenblick Onkel Wally und Tante Eva in meinem Elternhaus verschwinden sehen.

»Sie wollen mich bestimmt abholen«, sagte Mili, »eigentlich komisch, wo wir doch so nah wohnen.«

»Es ist bestimmt was Schlimmes passiert.«

Diesmal hatte ich recht. Totenbleich standen die zwei Elternpaare in dem kleinen, vollgestopften Raum, der von uns der Salon genannt wurde.

»Sie sind weg«, sagte Tante Eva mit erstickter Stimme.

Bobby und Garn waren bei Nacht und Nebel verschwunden. Nähere Informationen wurden nicht gegeben.

Tante Eva verteilte mit traurigem Lächeln Schokolade, und dann wurden Mili und ich aus dem Zimmer geschickt. In meiner Schlafecke, wo kaum Platz für uns war, stellte sich Mili ans Fenster, mit dem Rücken zu mir. »Onkel Bobby war ein wunderbarer Mann«, sagte sie, »und ich will kein böses Wort über ihn hören«, und dann murmelte sie mit zittrigem Stimmchen das Gedicht, das sie immer tröstete, wenn sie es nötig hatte:

Mit zehn bist du ein Kind
Mit zwanzig wirst du beminnt
Mit dreißig bist du eine Frau
Mit vierzig dann schon alt und grau
Mit fünfzig geht es grad noch an
Mit sechzig fängt das Alter an
Mit siebzig bist du schon ein Greis
Mit achtzig dann schneeweiß
Mit neunzig bist du mit Glück noch am Leben
Doch hundert ist dir fast nie gegeben

VIII

Die Mark stürzte ab, und Onkel Wally kam ein paar Tage darauf zu uns und sagte, dass er beschlossen habe, nach Deutschland zu gehen. Mit großem Elan machte er seinen ganzen Besitz zu Geld, und bevor wir es richtig gemerkt hatten, war er mit seiner Familie fortgezogen. Das Fräulein blieb am Boden zerstört in den Niederlanden zurück. Sie hatte eine Stelle als Ladenhilfe in einer kleinen Kurzwarenhandlung angenommen. »Ich gewöhne mich nie mehr an eine andere Familie«, schniefte sie. Wenn sie einen freien Nachmittag hatte, kam sie uns besuchen. Während sie mir früher kaum einen Blick geschenkt hatte, bemühte sie sich jetzt peinlich demütig, bei uns Fuß zu fassen. Jedes Mal kam sie mit einem grässlichen Mitbringsel an, einem nützlichen Gegenstand aus dem Laden, wo sie mit so viel Widerwillen arbeitete: ein Stopfei, Stecknadeln oder eine Karte mit Druckknöpfen, wofür ich nur mit großer Anstrengung ein freudiges Dankeschön aufbringen konnte. Meine Mutter behauptete außerdem, dass es sich zweifellos um gestohlene Ware handle und die Polizei hoffentlich nicht dahinterkäme, denn sonst würde ich wegen Hehlerei eingesperrt. Das Fräulein war selbst an ihren guten Tagen immer eine dürre Bohnenstange gewesen, aber jetzt, mit ihren chronisch verweinten Augen und der feuerroten Nase, hatte sie große Ähnlichkeit mit einer Vogelscheuche. Alle Fotos, die es von Mili gab, quollen aus ihrem verschlissenen Handtäschchen, und wenn sie von ihr einen kleinen Brief bekam, las sie ihn uns schluchzend gleich mehrmals vor.

Die Ansichtskarten, die Mili mir ab und zu schickte, wurden vom Fräulein mit so neidischen, begehrlichen Blicken verschlungen, dass ich sie ihr abgab. Meine eigene Erfahrung mit Lucie hatte mich gelehrt, was es bedeutet, nach einem Lebenszeichen von einem geliebten Wesen schmachten zu müssen. Seit Lucies Verlobung war meine Verehrung für sie auf Eis gelegt, vor allem, weil ich wenig Zeit für Kummer hatte, seit andere Nachbarn unter uns eingezogen waren. Czerny und Clementi hatten die vorigen vertrieben und mit den neuen, einem jungen, öfters aushäusigen Journalistenpaar, hatte ich eine gute Regelung treffen können; ich musste versprechen, nicht zu spielen, wenn sie gerade einen Bericht für ihre Zeitung schreiben mussten, ansonsten konnte ich mich austoben, so viel ich wollte.

Einmal in der Woche bekam ich Klavierunterricht. Mein Lehrer war so alt, dass er sogar noch König Willem III. vorgespielt hatte. Bei der Gelegenheit hatte ihm der Monarch eine goldene Uhr geschenkt, die er seitdem stets bei sich trug: Wenn er mit meinen Fortschritten zufrieden war, durfte ich sie ansehen, was ich mit großer Ehrfurcht tat, obwohl daran nicht viel zu bewundern war.

In der Zwischenzeit wurden die Folgen des Geschäftsgebarens meines Vaters immer katastrophaler. Wenn er sich abends seiner Briefmarkensammlung widmete, seufzte er herzzerreißend. Banning Cocq und Onkel Salomon wurden immer häufiger herbeizitiert, und meine Mutter traf Vorbereitungen, mit mir endgültig in ihr Elternhaus zurückzukehren. Ich wusste nicht, ob ich mich diesmal darüber freuen sollte; ich wusste auch nicht, ob ich es wagen würde, Lucie aufzusuchen. Diese Entscheidung wurde mir aus der Hand genommen.

Eines Nachmittags, als wir sie nicht erwartet hatten, stürmte das Fräulein bei uns herein, in jeder Hand einen großen Strauß verschiedenfarbiger Bänder.

Sie blieb mitten im Zimmer stehen und rief, sie sei freigekauft worden. Aus den darauffolgenden wirren Ausrufen konnten wir am Ende schließen, dass Onkel Wally wie ein Rachegott in der Kurzwarenhandlung aufgetaucht war. Zu ihrem Entzücken hatte er die Ladeninhaber, von denen sie im Großen und Ganzen nicht schlecht behandelt worden war, als Blutsauger und Parasiten beschimpft. »Das hier war eine blühende junge Frau, als ich sie zurückgelassen habe. Und was ist sie jetzt? Ein lebendes Skelett!«, hatte er ausgerufen, und nachdem er ihnen drei Monatslöhne vor die Füße geworfen hatte, sei das Fräulein von ihm in ein Restaurant mitgenommen worden, wo er ihr, so ihre Erzählung, auf einen Schlag alles hatte vorsetzen wollen, was sie im vergangenen halben Jahr entbehren musste. Die Bänder, die sie im Laden gerade dekorieren wollte, hatte sie versehentlich mitgenommen (meine Mutter warf mir einen bedeutungsvollen Blick zu), und weil sie nie wieder einen Fuß über die Schwelle dieses unseligen Orts setzen wolle, werde Mili sie bekommen.

Nach der Mahlzeit musste Onkel Wally wichtige Geschäftspartner aufsuchen, und das Fräulein wurde zu uns beordert, um uns seinen Besuch für denselben Abend anzukündigen.

Sie sollte am nächsten Morgen mit ihm nach Berlin fahren, »Erste Klasse mit Platzkarte«, und er hatte ihr streng verboten, die letzte Nacht noch in ihrer Unterkunft zu verbringen. Sie musste und sollte im selben teuren Hotel übernachten, in dem er Quartier bezogen hatte.

Sie war trunken vor Glückseligkeit.

Bevor sie uns verließ, bot sie mir noch eines der Bänder an und als ich höflich, aber entschieden ablehnte, sagte sie: »Ach, du hast ja eigentlich recht. Die Pastellfarben stehen dir doch nicht. Du hättest viel besser ein Junge werden können, mit diesem komischen, breiten Gesicht.«

Gespannt warteten wir auf Onkel Wally. Als er spät am Abend auftauchte, sah er beeindruckend aus, genauso, wie ich mir einen Großindustriellen immer vorgestellt hatte. Ein breiter Persianerkragen zierte seinen nagelneuen dunkelblauen Wintermantel, ein hellgrauer Kastorhut seinen eckigen Kopf, ein dicker goldener Knauf seinen knallgelben Spazierstock.

»Ich habe nur wenig Zeit«, sagte er nach der eiligen Begrüßung, »aber von Wally wird keiner sagen, dass er alte Freunde in der Not im Stich lässt. Oh nein, widersprecht mir nicht, ihr sitzt in der Patsche, das sehe ich mit einem einzigen Blick.« Er wandte sich an mich: »Sag es ruhig deinem Onkel Wally, ziehst du nicht demnächst mit deiner Mutter nach Antwerpen?«

»Ja, Onkel Wally, übermorgen.«

»Bitte sehr!«, triumphierte er. »Habe ich es nicht gewusst?«

Er hatte inzwischen seinen äußeren Glorienschein abgelegt und zeigte sich nun in der ganzen Herrlichkeit eines karamellfarbenen Anzugs und eines roten Seidenhemds. Nachdem er freundlich mit uns Tee getrunken hatte, sagte er: »Und jetzt hört mal zu.«

Er sprach lang und laut, aber mein Vater war nicht zu überzeugen.

»Ich werde vom Pech verfolgt«, murmelte er, »ich sehe allmählich ein, dass es keinen Sinn hat, meinem Schicksal zu entfliehen.«

»Ja, ja«, sagte Wally, »wenn du ein Bäcker wärst, würde kein Mensch mehr Brot essen wollen, das habe ich schon hundertmal von dir gehört, aber jetzt ist die Zeit gekommen, den Teufelskreis zu durchbrechen. Stell dir nur vor, wie herrlich es für Gittel sein wird, in Berlin Musikunterricht zu nehmen.«

Ich wurde ins Bett geschickt, und am nächsten Morgen erzählte meine Mutter, nach reiflicher Überlegung sei beschlossen worden, dass wir ebenfalls nach Deutschland gingen. Unsere Fahrt nach Antwerpen wurde abgesagt.

Geschäftige Wochen folgten, bewegt verabschiedete ich mich von meinem freundlichen, alten Musiklehrer, und das Einzige, was mich mit dem wilden Plan versöhnte, war der Gedanke, dass ich Mili wiedersehen würde. Die letzten Tage in unseren ausgeräumten Zimmern waren zwar aufregend und auch die erste große Reise in einem Auslandszug, trotzdem blieb meine Mutter die Einzige, die alles in vollen Zügen genoss. Sie war glücklich, sobald sie Bahnhofsluft roch.

Wir wurden von Mili und ihren Eltern vom Zug abgeholt.

»Wir haben eine raffinöse Wohnung für euch gemietet«, sagte Wally, »und richtig billig, fünf Millionen die Woche.«

Wir mussten uns erst noch an die astronomischen Zahlen gewöhnen, aber es war tatsächlich eine mehr als ansehnliche Behausung, zu der sie uns brachten. Wir wurden von den Eigentümern willkommen geheißen, einer alten Dame und ihrem Sohn Helmut. Die beiden bewohnten nur noch zwei Räume der großzügigen

Wohnung und waren erfreut, eine Familie »steinreicher Holländer« als Mieter zu haben. Überall, wo sich Platz finden ließ, lagen Perserteppiche, und alles war mit nagelneuen Möbeln aus Zitronenholz vollgestellt. Helmut vertraute uns bald an, so wenig Vertrauen in die Mark zu haben, dass er es für ratsamer hielt, sein gesamtes Kapital in Sachwerte umzusetzen.

Mili und ich hatten uns mit vorgetäuschter Gleichgültigkeit begrüßt, und erst als wir in dem Zitronenholz meines geräumigen, eleganten Kinderzimmers angekommen waren, gab sie widerstrebend zu: »Doch ganz nett, dass du wieder da bist, obwohl ihr jetzt schöner wohnt als wir.« Sie half mir, meine Matrosensachen aufzuhängen, die in dem riesigen Spiegelschrank aussahen, als ob sie sich hineinverirrt hätten.

Helmut stellte uns, als wir wieder nach unten kamen, seiner Verlobten vor, einem blassen, scheuen, kleinen Wesen, das für ihn und die Schwiegermutter in spe immer auf Trab war.

»Aber heiraten tu ich sie nie«, sagte er, als sie wieder einmal in die Küche verschwunden war. Im Großen und Ganzen war es ein verwirrender Abend, und ich war froh, als ich endlich im Bett lag.

Am nächsten Morgen ging mein Vater früh am Morgen zu Onkel Wally, der ihn einflussreichen Geschäftsleuten vorstellen wollte. Ich würde wie eh und je mit Mili zur Schule gehen, und Tante Eva hatte sogar schon eine Musiklehrerin für mich aufgesucht und für den

Nachmittag unseres ersten Tages in Berlin ein Treffen vereinbart.

Milis Mutter drückte mich, als sie die gute Nachricht berichtete, und sagte, sie sei überzeugt, dass ich mich in Berlin richtig wohlfühlen würde, wenn ich erst wieder guten Klavierunterricht bekäme.

Die Lehrerin hieß Knieper, und nach den Informationen, die Tante Eva über sie eingeholt hatte, war sie früher eine bekannte Konzertpianistin gewesen und hatte nun einen ausgezeichneten Ruf als Pädagogin. Ich konnte mich ruhigen Herzens auf die Begegnung mit Frau Knieper freuen, da mein Den Haager Lehrer so weise gewesen war, mir beim Abschied als Wichtigstes ans Herz zu legen, für seine Nachfolger ebenso sehr mein Bestes zu geben wie für ihn.

Wir machten uns zu viert auf den Weg.

Sie wohnte unweit von Mili, im Erdgeschoss einer ähnlichen Mietskaserne. Ein magerer kleiner Junge mit spitzem Mausgesicht und glatt nach hinten gekämmtem, nassem Haar ließ uns ein. Er begrüßte jeden von uns mit einem tiefen Diener. Dann führte er uns zu einer kleinen Diele, wo mit Binsen bespannte Holzstühle standen. Er bat uns, Platz zu nehmen und ein wenig Geduld zu haben, da seine Mutter noch Unterricht gebe.

Er deutete auf eine spitzbogenförmige Holztür, auf der in mit kupfernen Ziernägeln ausgeführten Frakturlettern »Musikzimmer« zu lesen stand und darunter

»Ruhe!«. Schumanns »Aufschwung« wurde hinter der Tür ziemlich malträtiert.

Der Junge bat uns, ihn entschuldigen zu wollen, er müsse Hausaufgaben machen, und bevor er wegschlich, bekamen wir noch einen gemeinsamen Diener. Er vergaß, das Licht anzudrehen, und in der düsteren Diele konnten wir die ersten acht Takte des »Aufschwung« mithören, die immer wieder von vorn mit immer denselben Fehlern wiederholt wurden. Plötzlich wurden sie anders gespielt, mit den Fehlern, aber mit einem meisterhaften Anschlag, während eine böse Stimme mitsang:

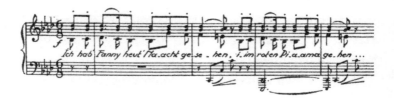

Das Klavierspiel hörte auf, und nach einem kurzen, heftigen Wortwechsel, dem wir zu unserem Bedauern nicht folgen konnten, ging die Tür auf, und ein junges Mädchen, mit einer Notentasche unter den Arm geklemmt, stürzte schluchzend ganz knapp an uns vorbei aus der Wohnung. Die Tür wurde hinter ihr zugeknallt. Tante Eva sagte lachend, vor Schreck habe sie glatt ein Stück ihres Pelzkragens verschluckt, und Mili steckte all ihre Finger in den Mund, um nicht laut loszuprusten. Meine Mutter hatte an dem Vorfall ebenfalls großes Vergnügen, aber ich wusste, dass ich bis ans Ende meiner

Tage die eigenartigen Worte dieser Strophe im Thema des »Aufschwung« hören würde, und dabei war es eines meiner Lieblingsstücke.

Es dauerte eine ganze Weile, bis sich die Tür erneut auftat und eine stämmige Frau heraustrat.

»Folgen Sie mir«, sagte sie kühl.

Demütig gingen wir hinter ihr her in ein langes Zimmer, in dem zwei Flügel, durch ihre ungewöhnliche Aufstellung mit der Klaviatur nebeneinander, fast die gesamte Breite einnahmen. Außerdem stand dort ein mit dunkelbraunem Segeltuch bezogener Diwan. Unter und auf den Flügeln lagen Notenstapel, und an einer Wand entlang waren Regale angebracht, gefüllt mit Büchern, die alle den gleichen schwarz-goldenen Einband hatten und den Eindruck erweckten, per laufendem Meter gekauft worden zu sein.

Mit einer bebenden Stimme, in der noch ihr Lachanfall nachzitterte, stellte Tante Eva uns Frau Knieper vor, die aussah wie eine verschnupfte Löwin.

Sie trug ein pseudo-griechisches Gewand aus grauem Flanell und sagte, dass es nicht ihre Gewohnheit sei, Klavieraspiranten zu empfangen, die in Begleitung eines Regiments auftauchten. In meinem Fall wolle sie jedoch eine Ausnahme machen, weil ich aus der Provinz käme und nicht wissen könne, wie es in der Großstadt zuging. Mit nur einem Wink Richtung Diwan gab sie zu erkennen, dass das Regiment dort biwakieren könne und sich nicht weiter in den Lauf der Dinge einzumischen habe.

Sie setzte sich an einen der Flügel, winkte mich herbei und musterte mich von Kopf bis Fuß.

»So«, ätzte sie, »hier haben wir also das Wunderkind.«

»Oh nein, gnädige Frau«, sagte ich verschreckt, »ich bin ganz und gar kein Wunderkind«. Mein alter Lehrer hatte mir eine heilsame Abneigung gegen diese unglücklichen kleinen Geschöpfe beigebracht. Zufällig hatte ich die einzig richtige Antwort gegeben.

»Manchmal können Kinder vernünftiger sein als die sogenannten Erwachsenen«, kommentierte Frau Knieper. Sie sah mich mit einem Mal viel freundlicher an, schüttelte aber ihre Mähne Richtung Tante Eva; die gute Seele hatte mich bei ihrem vorherigen Besuch über den grünen Klee gelobt und sich dadurch den Zorn der Knieperin zugezogen.

Zwischen den Noten auf dem Flügel, an dem ich lehnte, prangte ein großes Foto, auf dem, wie es dem Zeitgeschmack entsprach, verschwommen und vage der Umriss eines löwinnenhaften Hauptes sichtbar wurde. »Darf ich Ihr Foto aus der Nähe ansehen?«, fragte ich, und wieder hatte ich ins Schwarze getroffen.

»In-tee-ree-ssant«, lächelte Frau Knieper zufrieden, »dass du denkst, dass ich das bin. Das denkt jeder, aber sieh dir das Foto ruhig ein bisschen mehr aus der Nähe an.«

Die drei auf dem rutschigen Diwan warfen mir bewundernde Blicke zu, weil es mir gelungen war, sie in so kurzer Zeit zu zähmen. Ich nahm das Foto auf und verdarb sofort alles, als ich sagte: »Oh nein, das ist Leona

Frey, sie sieht Ihnen gar nicht ähnlich.« Durch den Nebelschleier des Fotografen hatte ich die weisen Augen und den humorvollen Mund der berühmten Pianistin erkannt. Ihre wilde Mähne fiel allerdings genauso auf die Schultern wie bei Frau Knieper, und auch sie trug ein griechisches Gewand.

Unten auf dem Porträt hatte Leona an ihre »geliebte Kollegin« eine hochtrabende Widmung gerichtet, in der spinnenbeinartigen Handschrift, die vielen berühmten Frauen eigen ist.

Frau Knieper sagte giftig, dass man Leona und sie sogar regelmäßig für Zwillinge halte, und dass ich jetzt endlich tun solle, wofür ich gekommen sei, nämlich vorzuspielen, weil sie weder Zeit noch Lust habe, sich länger dummes Geschwätz anzuhören.

Mit geschlossenen Augen lauschte sie den ersten zwei Seiten von Beethovens Rondo in C-Dur, winkte dann, dass es genug sei, und fragte, welches Werk mein Lehrer mit mir hätte durchnehmen wollen, wenn ich auf dem Land geblieben wäre.

»Bachs Italienisches Konzert«, sagte ich mit einem gewissen Stolz.

In süßem Ton, der mich hätte warnen müssen, fragte Frau Knieper: »Warum nicht gleich die ›Appassionata‹?« Ich tappte prompt in die Falle. »Oh, denken Sie wirklich, dass ich das könnte?«

Sie lachte ein hartes, böses Lachen und bedeutete mir, mich neben sie zu stellen.

»Wenn ein begabter Pianist zwanzig Jahre lang bei den bedeutendsten Meistern studiert hat, und außerdem die Kelche von Leid und Freude, die das Leben einem bietet, bis auf den Grund geleert hat, selbst dann sollte so jemand zögern, die ›Appassionata‹ zu spielen, und du, dummes Kind, denkst, dass du das jetzt schon könntest?«

Ihre muskulösen Hände ergriffen meine Schultern und schüttelten mich heftig. An ihrem Atem war zu merken, dass sie vor unserem Eintreten einige Kelche, gefüllt mit Branntwein, bis auf den Grund geleert hatte. Sie sprach fünf Minuten am Stück und rammte mich in dieser kurzen Zeit fachkundig in Grund und Boden.

Meine Entourage, die mich gewaltig verwöhne und überschätze, bekam auch ein paar heftige Rüffel verpasst. Am Ende sagte sie, dass sie durchaus eine Möglichkeit sehe, viele schwere Fehler, die mein Spiel verunstalteten, im Laufe einiger Jahre beträchtlich zu verringern, doch leider nicht alle; einige seien eingerostet. Daraufhin verlangte sie das Honorar für drei Monate im Voraus, eine beeindruckende Anzahl von Millionen, die von meiner Mutter, ohne mit der Wimper zu zucken, ausbezahlt wurden. Für uns kam es auf eine Million mehr oder weniger auch nicht mehr an.

Frau Knieper verkündete, dass ich einmal in der Woche zum Unterricht kommen könne, immer zur selben Zeit, und dass für die erste Stunde drei Tonleitern einzuüben seien. Ein halbes Jahr lang dürfe ich nichts anderes spielen, und bevor wir jetzt gingen, wolle sie uns hören lassen, wie jemand meines Alters musizieren könne.

Sie ging zur Tür, brüllte: »Hänschen!«, und das Mausgesicht kam herein.

»Du hast gehört, wie dieses Mädchen versucht hat, Beethoven zu spielen, spiel du jetzt, wie es sein muss«, befahl ihm seine Mutter. Hänschen ließ sich nicht bitten. Aus dem einfachen kleinen Rondo holte er die ganze heitere Ruhe und Anmut, die darin steckt, heraus, und die Schnörkel des schwierigsten kleinen Laufs, mit denen ich mich immer herumplagte, machten seinen flinken Fingerchen gar keine Mühe.

Ich war völlig am Boden zerstört.

Nachdem Hänschen mit einem hoheitsvollen Nicken, als Dank für unseren Applaus, das Zimmer wieder verlassen hatte, sah mich seine Mutter durchdringend an.

»Nun, was sagst du dazu?«

Tante Eva eilte mir zu Hilfe. »Sehr schön«, sagte sie.

Frau Knieper herrschte sie an, dass sie das Wort an mich gerichtet habe.

Blutenden Herzens musste ich anerkennen, dass es wunderbar war und dass Hänschen schon jetzt zu den großen Pianisten gehörte.

»Das ist wenigstens ehrlich«, lobte sie. »Ja, er hat ein außergewöhnliches Talent. Ich behalte ihn noch ein Jahr bei mir, dann nimmt ihn Leona persönlich unter ihre Fittiche. Jetzt kannst du gehen, und ich erwarte dich nächste Woche wieder hier, mit drei Tonleitern, ohne Begleitung.«

Sie lachte laut über ihren eigenen Witz, und mit einer ihrer vielsagenden Gesten fegte sie uns aus dem Zimmer. In der kleinen Diele war es inzwischen stockfinster, und wir arbeiteten uns stolpernd und einige Male schmerzhaft aneckend schließlich zur Haustür vor.

Auf der Straße starrte meine Mutter, die ihre Nachtigall zur geringsten der Eulen hatte herabstufen hören, tragisch schweigend vor sich hin.

Tante Eva überschlug sich mit Entschuldigungen und erbot sich, die im Voraus bezahlten Klavierunterricht-Millionen zu ersetzen, denn es sei ja undenkbar, dass ich noch einmal zu diesem Drachen zurückging; aber ich bestand darauf, von ihr unterrichtet zu werden, und heuchelte, vor ihr keine Angst zu haben.

Mili sagte, für sie sei Hänschen ein kleiner Mistkerl, und sie habe noch nie in ihrem Leben jemand so schlecht Klavierspielen hören.

Ein total ungerechtes Urteil, das uns sehr aufmunterte.

Die Woche, die dem Besuch bei den Kniepers folgte, verbrachten meine Mutter und ich im Millionenrausch. Für sie, die in den vergangenen Jahren jeden Groschen ängstlich dreimal umgedreht hatte, um ihn danach wieder in ihrer mageren kleinen Geldbörse aufbewahren zu müssen, war es eine Wonne, alles kaufen zu können, worauf sie Lust hatte. Mein Vater weigerte sich, sich an unseren Einkaufsorgien zu beteiligen. Er wurde zusehends vergrämter und gestand, er sei dankbar, dass seine Eltern die Schande nicht mehr erlebten, ihren Sohn, der als ehrlicher Mann sein Heimatland verlassen hatte, als »Schieber« zurückkehren zu sehen. Ich wusste nicht, was ein Schieber war, und hatte keine Zeit oder Lust, es herauszufinden. Mit Unterstützung von Tante Eva, die alle guten Adressen kannte, steckte meine Mutter sich selbst und mich von Kopf bis Fuß in neue Kleider. Ich bekam, selbstverständlich, ein weiteres Matrosenkleid, aber diesmal aus scharlachrotem, flauschigem Stoff und der himmelblaue Seidenkragen war mit Silbertresse verziert; ein sehr geeignetes Kostüm für einen Affen auf einer Drehorgel.

Nach unseren Beutezügen kehrten wir beschwingt in unser zitronenhölzernes Paradies zurück. Im Salon stand ein zwei Meter langer Bechsteinflügel, auf dem ich eifrig Kniepers Tonleitern rauf und runter hetzte. Ab und zu kam Helmuts Sklavin und fragte, ob ich ihr etwas vorspielen wolle, und dann schluchzte sie still in einem Eckchen. Ich hätte gern geglaubt, dass sie die bewegende Qualität meines Spiels so ergriff, aber sie berichtete, ungefragt, immer neue Missetaten ihrer blonden Bestie. Meine Mutter tröstete die Unglückliche mit Pralinen oder einem Gläschen Likör, und danach vergaßen wir sie und ihren Kummer im rauschenden Leben von Berlin.

»Unter den Linden« tranken wir Tee, und ich aß zum

ersten Mal in meinem Leben in nicht-jüdischen Speise-
lokalen. Wie meine Eltern das mit ihrem koscheren Gewissen vereinbaren konnten, war mir unbegreiflich, aber
in diesen Restaurants ging es so beeindruckend und angenehm zu, dass ich mich hütete, das heikle Thema an-
zuschneiden. In dieser unvergesslichen Woche traf ich
zum ersten Mal einen Jungen, den ich nett fand, einen
entfernten Verwandten, der sehr schön zeichnen konnte. Als ich Mili von ihm erzählte, fragte sie trocken, ob
ich in ihn verliebt sei. Oh nein, ich fand ihn nur sehr
nett. »Das geht nicht«, sagte Mili. »Mädchen findet man
nett, und in Jungen verliebt man sich.«

Der Besuch einer Operette war der Höhepunkt unserer glanzvollen Woche. Mili war in Berlin schon öfter
mit ihren Eltern abends aus gewesen und kommentierte,
während sie das Programmheft studierte, mit großem
Sachverstand die verschiedenen Stars, die damals gerade
am Theaterhimmel glänzten.

»Die Besetzung hier ist ziemlich Schmiere«, sagte sie.
Ich wäre lieber gestorben, als sie um Erläuterung des
mir unbekannten Worts zu bitten, ich verstand, dass es
abwertend war, und es kostete mich die größte Anstrengung, meine Bewunderung für alles, was auf der Bühne
geschah, im Zaum zu halten, und das war nicht wenig.

Da gab es singende Herren in kornblumenblauen Uni-
formen und eine bildschöne blonde Dame, die aus dem
Rahmen eines Gemäldes in einem Schlafzimmer stieg,
in das sie garantiert nicht gehörte. Dort sang sie, sehr

bewegend, zusammen mit dem Herrn, der die schönste Uniform mit lauter goldenen Quasten anhatte, und dann ging das Licht aus. Kurz darauf ging das Licht wieder an, und in dem Rahmen hing jetzt ein ganz gewöhnliches Bild. Die schöne Dame war auf Nimmerwiedersehen verschwunden. Das hätte mich fast zu Tränen gerührt, aber ich wollte mir Mili gegenüber nichts anmerken lassen. Nach dem Ende der Vorstellung gingen wir in einem Lokal soupieren, das in spanischem Stil eingerichtet war. Wir wurden von blonden Toreros bedient. Ein spanisches Tanzpaar führte einen Tango auf. Die schwarzen Augen der beiden strahlten, ihre weißen Zähne glänzten, die Kastagnetten klapperten, die bunten Röcke der Señorita flatterten, die flinken Füße des Tänzers stampften einen Trommelwirbel aus dem Boden, und ich ließ meinen Tränen freien Lauf.

»Sie hat einen Schwips«, sagte Mili, »sie muss sich noch an das Leben in einer Weltstadt gewöhnen.«

Ich hatte kaum an meinem Gläschen Weißwein genippt, aber so viel Glückseligkeit auf einmal war nicht zu verkraften.

Am Ende der Woche machte jemand, ein gewisser Dr. Hjalmar Schacht, etwas mit dem deutschen Geld, und wir waren wieder genauso arm wie zu Hause.

Mein Vater sagte, er wundere sich nicht über die Geldsanierung. Im Gegenteil, er sei davon überzeugt, dieser Dr. Schacht habe nur sein Kommen abgewartet, um dann Nägel mit Köpfen zu machen.

163

Als wir die Miete für unsere Wohnung in der neuen Rentenmark bezahlen sollten, konnten wir das Geld unmöglich aufbringen.

Begleitet von den Verwünschungen Helmuts und seiner Mama mussten wir Hals über Kopf eine andere Unterkunft ausfindig machen. Die blasse Verlobte weinte und steckte mir zum Abschied eine kleine Schachtel Schokolade zu. Wir standen auf der Straße, und guter Rat war fast ebenso teuer wie eine andere Wohnung.

Spät, nach einem Nachmittag vergeblichen Suchens, landeten wir bei Onkel Wally und Tante Eva, um mit ihnen zu beratschlagen. Sie waren ebenfalls sehr bestürzt über den listigen Schachzug von Dr. Schacht, aber Onkel Wally hatte im vergangenen halben Jahr genügend Geld gehortet, um wenigstens ein paar Monate durchhalten zu können. »Bleibt doch einfach«, riet er. »Sobald der erste Schock überwunden ist, lassen sich hier bestimmt wieder Geschäfte machen.«

»Nicht mit mir«, sagte mein Vater. »Morgen fahre ich nach Holland zurück und versuche, dort eine Arbeit zu finden; Thea und Gittel müssen eben irgendwo eine ganz billige Bleibe finden, bis ich sie heimholen kann.«

Tante Eva hatte schon Zimmer für uns gefunden, im Haus ihnen gegenüber.

»Ist doch viel netter für Mili und Gittel«, tröstete ihre freundliche Stimme, »eigentlich war es gar nicht schön, als ihr so weit weg gewohnt habt.«

Sie begleitete uns zu unserem neuen Zuhause und stellte uns einem aschgrauen, traurigen Ehepaar namens Blumenfeld vor. Die beiden setzten sofort auseinander, wie schrecklich sie es fanden, einen Teil ihrer geräumigen Wohnung Fremden abtreten zu müssen. »Mit Mr and Mrs Ray war das was ganz anderes«, klagte die alte Frau, »das waren Freunde. Mrs Ray war unser Sonnenschein und Mr Ray so ein richtiger Tschentlman.«

Wir sollten noch viel über unsere Vorgänger hören. In jedem Zimmer stand auf dem Ehrenplatz ein großes, glänzendes Foto der blühenden jungen Menschen. Uns wurden zwei finstere Verschläge zugewiesen, für die allerdings erstaunlich wenig Miete verlangt wurde.

Am nächsten Tag reiste mein Vater ab, und Mili und ich gingen wieder gemeinsam zur Schule. Auf dem Weg dorthin wurden wir jeden Morgen aus einem Fenster im ersten Stock von einem bebrillten Mann mit kahlem Schädel und Ziegenbärtchen mit Kusshänden beehrt. Wir fanden das unwiderstehlich komisch und warfen ihm mit übertriebenen Gesten seine Kusshändchen zurück. Das schien ihm sehr zu gefallen, denn er öffnete das Fenster und warf uns ein paar angelaufene Katzenzungen zu, die wir unter großen Freuden- und Dankesbekundungen auffingen. Sobald wir aus seinem Blickfeld waren, warfen wir sie in den Rinnstein, weil Mili mit großer Entschiedenheit zu wissen behauptete, dass das Essen von Schokolade, die man von fremden Männern bekam, unweigerlich zu Irrsinn oder zum Tod führte. Wenn das Fräulein uns ab und zu begleitete, versteckte sich unser kahler Freund feige hinter den Gardinen.

Meine Abneigung gegen die Schule muss so groß gewesen sein, dass ich mich weder an das Gebäude noch an die Lehrer oder die Mitschüler erinnern kann.

Bei den Blumenfelds durfte ich höchstens anderthalb Stunden am Tag Klavierspielen, auf einem kuriosen Instrument, das vorn kein Holz hatte, sondern gerüschte, verschlissene grüne Seide, was dem Klang nicht gerade förderlich war. An den Tasten riss ich mir die Finger auf, bis sie bluteten, weil das Elfenbein zum größten Teil abgesplittert war, aber ich gab den ungleichen Kampf nicht auf, denn Frau Knieper war eine Respektsperson. Die sechs Viertelstunden auf Blumenfelds Klavier gingen dann eben für ihre strenge Diät gebrochener Akkorde und Tonleitern drauf, an der ich zwar schwer zu kauen hatte, die aber ausgezeichnet für mein musikalisches Wohlergehen war. Viel schlimmer war, dass sie am Ende jeder Stunde – um mich zu ermutigen, wie sie behauptete – Hänschen zum Vorspielen herbeizitierte. Gelb vor Neid musste ich anhören, wie dieser Junge *meine* Mozartsonate und *meine* »Kinderszenen« von Schumann nahezu perfekt zu Gehör brachte.

Frau Knieper bezeichnete die Niederlande nie anders als plattes Land oder hinterste Provinz, eine geistige Wüste, bar jedes bedeutenden ausführenden Künstlers. Als ich es einmal wagte, Mengelberg und Dirk Schäfer aufs Tapet zu bringen, sagte sie stolz, beide seien Deutsche, die mutig die undankbare Aufgabe auf sich genommen hätten, einer zurückgebliebenen Region einen gewissen Sinn für Kultur beizubringen, doch am Erfolg habe sie große Zweifel.

Ihre Erzählungen über Leona Frey machten vieles wett. Leonas Freundschaft war der Glanz und das Elend von Frau Kniepers Leben. Sie vergötterte die große Künstlerin, und zugleich verzehrte sie sich in unendlichem Neid.

Sie waren im selben Ort geboren, hatten zusammen das Konservatorium besucht und sich beim Examen den ersten Preis geteilt. Danach hatte Frau Knieper die unbegreifliche Dummheit begangen, sich zu verlieben und zu heiraten. Leona war vernünftiger gewesen, sie lebte »à la carte« (ich hatte keine Ahnung, was damit gemeint war, und wagte auch nicht, danach zu fragen). Leona hatte mit dieser Art Leben die höchsten Gipfel des Ruhmes erreicht und musste meiner Meinung nach garantiert eine nette Person sein, denn sie wohnte jedes Jahr, wenn sie in Berlin mit dem Philharmonischen Orchester konzertierte, bei den Kniepers, was für sie bestimmt ein Opfer bedeutete. Überdies gab sie dann für die Freunde und Schüler ihrer alten Studienkollegin ein Hauskonzert. Die drei besten Schüler wurden Leona vorgestellt und durften ihr vorspielen, sagte Frau Knieper und fügte, ziemlich überflüssig, hinzu, dass ich nicht zu den Auserkorenen gehöre. Aber ich würde zu dem Recital eingeladen, das heißt, wenn ich bis dahin nicht schon wieder in die Provinz abgereist sei.

Ich bedankte mich stürmisch für diese Einladung und versicherte, für das nächste halbe Jahr sei bestimmt keine Rückkehr in die Niederlande geplant.

IX

Die Briefe meines Vaters klangen nicht ermunternd, und das Ende unserer Verbannung schien noch lange nicht in Sicht.

Frau Knieper machte sich mit Hänschen zu einem Wintersportort auf, wohin auch Leona kommen wollte. Weihnachten und Neujahr verbrachte die Pianistin, wenn sie es irgendwie mit ihren Tourneen vereinbaren konnte, mit den beiden.

Die Blumenfelds erzählten, dass Mr Ray im vergangenen Jahr an Heiligabend mit einem Zwanzigpfünder von einem Truthahn angekommen wäre und an Silvester sei der Champagner in Strömen geflossen. Da konnten wir nicht mithalten. Am 24. Dezember klagte meine Mutter über starke Halsschmerzen. Sie hatte hohes Fieber. Im Stockwerk über uns wohnte ein Arzt, den ich auf Anraten von Frau Blumenfeld holte. Er war genauso alt wie unsere Vermieter und sagte in strafendem Ton zu meiner Mutter, dass sie wegen so eines »kleinen Schnupfens« ziemlich viel Aufhebens mache. Da bereits Ferien waren, hatte ich Zeit, Krankenschwester zu spielen. Als ich kurz zu Tante Eva ging, um ihr zu erzählen, dass meine Mutter erkältet wäre, kam sie gleich mit einem Vorschlag: »Oh, dann kommst du doch heute Abend gemütlich zu Mili, Weihnachten feiern. Onkel Wally und ich gehen auf ein Fest, dann habt ihr mit dem Fräulein das Reich allein für euch. Und du kannst jede Stunde nach der Mami schauen.«

Meine Mutter wurde immer kränker. Mit geschlossenen Augen und hochrotem Gesicht rief sie unablässig, kaum verständlich, nach Eis. Die Blumenfelds hielten sich abseits, und der Arzt kam nicht wieder. Mit einem Gefühl, als beginge ich einen Diebstahl, nahm ich das letzte Geld aus Mutters Geldtäschchen. Ich musste irgendwie an Eis kommen. Nach viel Herumgelaufe kaufte ich bei einem Geflügelhändler einen halben Block. Mit der kalten, harten, tropfenden Last kam ich schlotternd in die Wohnung zurück und lieh vom Portier einen Hammer.

Meine Mühe wurde belohnt, die Eisbröckchen brachten der Kranken ein wenig Linderung. Da ich noch ein paar Mark übrig hatte, ging ich am Nachmittag los, um sie so vernünftig wie möglich auszugeben: Ich kaufte eine große Tüte Schokoschäumchen, die Mili und ich jeden Tag auf dem Schulweg bewundert hatten, wenn wir am Fenster einer Konditorei vorbeikamen, wo sie als braune, glänzende Pracht turmhoch aufgestapelt waren. Ich wollte die Hälfte zu Mili mitnehmen, als meinen Beitrag zur Weihnachtsfreude, und meine Mutter würde sicher an dem Rest ihre Freude haben, sobald sie wieder in der Lage war, etwas zu essen. Ich konnte der Versuchung nicht widerstehen, eine der Köstlichkeiten, die ich seit Wochen gierig angestarrt hatte, zu kosten. Es wurde eine bittere Enttäuschung, das Schäumchen war angebrannt; alle Schäumchen waren angebrannt, und fünf kostbare Rentenmark waren futsch.

Den restlichen Tag verbrachte ich mit Krankenpflege, und am Abend ging ich zu Mili, mit leeren Händen. Tante Eva hatte ein schönes kaltes Büffet hergerichtet, und wir durften sie in einem dunkelroten glitzernden Abendkleid bewundern, bevor sie in Begleitung von Onkel Wally im nachtblauen Smoking ausging.

Um den Abend festlich einzuläuten, stapften wir mit dem Fräulein los, Weihnachtsbäume gucken, die in unserem Viertel hinter allen Fenstern zur Schau gestellt waren. Es waren sehr schöne dabei, und ich sagte, dass ich es nett von den Baumbesitzern fände, die Vorhänge nicht zuzuziehen, damit Juden wie wir, die keinen Christbaum hatten, sich auch daran freuen konnten.

»Oh, Mami wollte schon einen Christbaum«, sagte Mili, »Mami macht bei allem mit. Sie sagt, wenn die Hottentotten was Festliches machen würden, wäre sie auch mit dabei.«

Eine der Seitenstraßen, durch die wir schlenderten, sah einer Straße, die ich gut kannte, zum Verwechseln ähnlich. In Antwerpen würde ich, an ihrem Ende angekommen, Herrn Mardells Haus sehen, auf die andere

Straßenseite laufen, klingeln, und die dicke Bertha würde öffnen.

Es wäre nicht einmal unangenehm, von ihr einen Schmatz zu bekommen.

»Na so was, Gittel, was für eine Überraschung! Wie kommst du denn hierher, wie wird sich Lucie freuen. Und wie geht es Ihrem Herrn Papa?«

Ja, wie ging es meinem armen Vater? Er saß zweifellos in einer Dachkammer und hungerte und schrieb beim flackernden Schein eines Kerzenstummels einen Brief an uns.

Meine Mutter krank, mein Vater hungernd in einer Dachkammer, und ich strich wie eine Bettlerin durch eine wildfremde Stadt. Nein, uns ging es nicht gut, aber das brauchte ich der guten Bertha nicht zu erzählen.

Menie, Salvinia und Gabriel würden die Köpfe durch das Schalterfenster stecken; ach nein, die waren natürlich alle drei schon längst nach Hause gegangen. Oder sollte ich Gabriel Überstunden machen lassen? Dann könnten Lucie und ich, später am Abend, mit ihm bei Mondenschein an der Schelde spazieren. Herr Mardell würde die Honigtür öffnen und fragen, ob ich seine Gemälde ansehen möchte, und »Morgen hängt das Oktoberhaus wieder an seinem alten Platz« sagen. Ich würde mich sogar freuen, die Dame mit dem grünen Bauch wiederzusehen.

… und Lucie, meine liebe Lucie, wie konnte ich dich nur so lange vergessen?

»Guten Tag, Äffchen«, würde sie sagen. So nannte sie mich ab und zu. »Guten Tag, mein freches Äffchen, warum hast du mir nie geschrieben? Ist das nicht sehr undankbar und herzlos von dir, obwohl wir immer so nett zu dir waren?«

»Ich habe gedacht, dass du jetzt nur noch Gabriel brauchst.«

»Unsinn.«

Ja, das war es, ich würde ihr schreiben, sobald ich eine Briefmarke hatte. Großmutters Haus, wo es immer so köstlich nach Essen roch, wäre auch nicht zu verschmähen. Da stieß mich der knochige Ellbogen des Fräuleins in den Rücken.

»Was träumst du da mit offenen Augen? Wir fragen dich schon zum dritten Mal, ob wir nicht umkehren sollen, und du tust, als wärst du taub. Wo bist du denn mit deinen Gedanken?«

»In Antwerpen, ich dachte, dass es doch sehr schön wäre, wenn ich wieder mal hinkönnte.«

»Nun«, sagte das Fräulein zu meiner Verblüffung, »um die Wahrheit zu sagen, ich habe auch genug von Berlin. Ich wollte, wir würden wieder nach Holland zurückgehen. Du nicht auch, Mili?«

Nein, Mili fand es sehr schön in Berlin, hier waren so viele Leute, so viele fremde Gesichter, und jedes Gesicht hat eine Geschichte.

»Eine Ge-schich-te?«, fragte das Fräulein verdutzt, und auch ich verstand nicht, was Mili damit meinte.

»Ja, jedes Gesicht hat eine Geschichte, und meist ist sie ganz anders als das, was der Mensch, dem das Gesicht gehört, über sich selbst erzählt, aber lasst uns jetzt endlich heimgehen, denn wenn wir alle Leckerbissen aufgegessen haben, zünden wir das Feuerwerk an. Das wird schön«, sagte Mili. Und würde sie es schlimm finden, wieder nach Holland zu gehen? Oh nein, überhaupt nicht, dort gab es wieder andere Leute mit anderen Gesichtern.

Ich sah kurz nach meiner Kranken, die ruhig schlief; so konnte ich mich guten Gewissens dem Feiern hingeben. Zuerst aßen wir alle leckeren Sachen auf, die Milis Mutter bereitgestellt hatte, danach holte das Fräulein das Feuerwerk heraus, als Höhepunkt des Abends. Jeder von uns bekam ein Dutzend lange, dünne Stöckchen, die wir vorsichtig mit einem Streichholz anzündeten und dann im Kreis schwangen, so dass ein Regen fast unmittelbar wieder verlöschender violetter Feuersternchen herumsprühte. Je schneller man sie herumschwenkte, desto mehr Sterne gab es. Es war sehr aufregend. Um zehn Uhr verabschiedete ich mich. Das Fräulein war wie immer von Herzen froh, mich gehen zu sehen. Der Portier, der normalerweise den Hauseingang bewachte, hatte an Heiligabend frei. Auf seinem Platz in dem Glaskäfig an der Treppe saß eine dicke alte Frau, die mich zu sich winkte.

»Du wohnst doch hier gegenüber, bei den Blumenfelds, nicht? Und deine Mutter ist krank, nicht?«

»Ja, stimmt.«

»Was hat sie denn?«

»Sie hat Halsschmerzen«, sagte ich, verwundert über die Wissbegierde einer mir völlig unbekannten Frau, die in herzhaftes Lachen ausbrach.

»Hab ich mir's doch gedacht. Diese Halunken. Deine Mutter hat bestimmt Diphtherie. Die Untermieterin vor euch, Mrs Ray, die bei den Blumenfelds gewohnt hat, ist daran gestorben. Das habt ihr nicht gewusst, was? Das haben euch diese Schufte verschwiegen, was?«

Die Dicke schüttelte sich vor Lachen.

»Der Doktor steckte natürlich mit unter der Decke.« Sie keuchte vor Vergnügen, aber als ich laut zu weinen begann, stellte sie sich als eine geborene Mitleiderin heraus, die das innige Vergnügen, das ihr der Kummer ihrer Mitmenschen bereitete, gern mit ein bisschen Mühe und Hilfsbereitschaft vergalt. Ich solle bei ihr bleiben, bis ihre Ablösung käme, und danach würde sie mich zu einem anderen Arzt begleiten, der nicht am Blumenfeldkomplott beteiligt sei, »und der wird bestimmt sagen, dass deine Mutter Diphtherie hat, dann wird sie ins Krankenhaus müssen. Aber was passiert dann mit dir, du armes Kind, ganz allein in einer fremden Stadt?« Sie fischte zwei Päckchen schmuddeliger Spielkarten aus ihrer unförmigen Strohkabass. Um die Zeit ein wenig zu verkürzen, brachte sie mir »Elfer raus« und »Die Uhr« bei, und ich ihr »Zevenen«, Siebner fängt, und »Pietjepeetje«, eine Art Mau-Mau. Der Nachtportier kam gegen zwölf. Er musste sich, umständlich von der barmherzigen Samariterin vorgetragen, die ganze Geschichte anhören und lobte überschwänglich ihr gutes Herz. Sie rief einen Arzt an, der hier im Haus wohnte und, wie sie wusste, das Weihnachtsfest daheim feierte.

Zehn Minuten später tauchte vor unserem Käfig ein hagerer Mann mittleren Alters in Abendkleidung auf, verärgert, weil er aus seinem Festabend herausgerissen wurde.

Zu dritt standen wir kurz darauf am Bett meiner Mutter. Sie schlief noch immer. Der Arzt weckte sie und untersuchte sie gründlich. Das Fieber war gesunken und das Halsweh viel weniger schlimm.

»Mit Sicherheit keine Diphtherie«, stellte er zur tiefen Enttäuschung meines Engels in der Not fest.

»Trotzdem muss diesen Blumenfelds mal richtig die Meinung gesagt werden«, meinte sie, »und zwar von Ihnen, Herr Doktor.«

»Ich denke nicht daran, ich gehe wieder nach Hause.«

Die Pförtnerin fand, dass ihr nach so viel Geduld und Nächstenliebe ein kleines Vergnügen ehrlich zustand. Sie ging zum Schlafzimmer der Blumenfelds, und ich hörte sie bestimmt eine Viertelstunde lang gegen die armen Teufel wettern.

Befriedigt kehrte sie zurück und kochte Kaffee, ich gab ihr die Schäumchen, die sie zu meiner Verwunderung mit Appetit verspeiste.

Nachdem sie endlich nach Hause gegangen war, versuchte ich, an Lucie zu schreiben.

Liebe Lucie,
Meine liebste Lucie,
Beste Lucie,

Ich kam nicht weiter als bis zur Anrede. Vielleicht sollte ich besser ihrem Vater schreiben? Mit ihm hatte ich mich ja auch immer nett unterhalten können.

Sehr geehrter Herr Mardell,
es ist Weihnachten, und ich bin in Berlin, und das ist
weniger schön, als man denken sollte.

Es wurde ein vierseitiger Brief.

Am Tag nach Neujahr kam eine Nachricht von meinem Vater. Er hatte Arbeit gefunden, und meine Großmutter wollte unsere Rückreise bezahlen. Bis auf wenige Stücke waren all unsere Möbel verkauft, und meine Mutter prophezeite, dass wir ein Jahr lang auf dem Fußboden schlafen müssten.

Trotz dieser Aussicht waren wir sehr froh, Berlin zu verlassen.

Die Blumenfelds verhielten sich still, die armen Tröpfe ließen uns sogar ziehen, ohne eine extra Monatsmiete zu verlangen.

Tante Eva kochte ein fürstliches Abschiedsmahl für uns und vertraute uns an, dass auch sie mehr als genug von Berlin habe.

»Dieses Mal werde ich mir einen Brief schreiben«, sagte sie, »dass auch wir in drei Monaten wieder zu Hause sind.«

Meine Hoffnung auf einen Antwerpenbesuch bald nach unserer Rückkehr erfüllte sich nicht.

Großmutter, die meinem Vater, außer für unsere Reise, auch für die Anschaffung der nötigsten Möbel Geld hatte leihen müssen, war vorläufig nicht soweit, uns bei sich willkommen zu heißen.

X

Herr Mardell beantwortete meine Weihnachtsjeremiade, per Eilboten, mit einem ebenso gesetzten wie herzlichen kurzen Brief, Lucie schrieb einen lieben Gruß dazu, und sobald ich sie wusste, teilte ich ihnen unsere neue Anschrift mit.

Mein Vater hatte in Scheveningen eine grauenhaft eingerichtete Wohnung gemietet, leider wieder nicht im Erdgeschoss. Wie zuvor lebten wir von der Hand in den Mund, doch nach dem Blumenfeld-Intermezzo war es das reinste Paradies auf Erden.

Der erste Sonntagsausflug nach der Heimkehr galt dem Mauritshuis, wo ich von den Museumswächtern fast wie der verlorene Sohn feierlich empfangen wurde.

»Schön, dass sie wieder da ist, nicht wahr?«, sagten sie abwechselnd zu meinem Vater, der anscheinend ziemlich oft Trost bei den Gemälden und den freundlichen alten Männchen gesucht hatte.

Das Wiedersehen mit meinem Musiklehrer verlief ein wenig anders, als ich es mir vorgestellt hatte. Ich wollte ihm Kniepers vernichtende Kritik verschweigen, aber er sprach den Wunsch aus, alle neuen Stücke zu hören, die ich inzwischen einstudiert hatte, und daher musste ich ihm wohl oder übel, stotternd, mit schamroten Wangen, die Tonleiterschande beichten. Nachdem ich auf seine Aufforderung hin ein paar davon mit den entsprechenden gebrochenen Akkorden gespielt hatte, brummte er, dass diese Hexe auf jeden Fall wisse, was Unterrichten heißt, und er wurde, mit der allen Erwachsenen eigenen Ungerechtigkeit, plötzlich böse auf mich. Bisher habe er mich mit Samthandschuhen angefasst, sagte er, weil ich seine jüngste Schülerin sei. Damit sei jetzt Schluss, und obwohl er nicht so streng sein werde wie diese Frau Knieper, dürfe ich nicht hoffen, dass er mir erlauben werde, mit Bachs Italienischem Konzert anzufangen, bevor ich nicht dieses Rondo von Beethoven genauso gut hinbekam wie dieser Lausebengel.

Mili war mit ihren Eltern und dem Fräulein sechs Wochen nach uns wieder zurück. Sie kamen bei Opa Harry unter, bis sie eine Wohnung nach ihrem Geschmack gefunden hätten. Mili und ich gingen jetzt zusammen in eine Scheveninger Schule. Ihr fiel es diesmal ein bisschen schwerer als mir, sich einzugewöhnen, sie hatte länger in Berlin gewohnt und sich dort wohlgefühlt, aber nachdem sie eine Woche lang jeden Morgen auf dem Schulweg ihr Trostgedicht aufgesagt hatte, wurde sie wieder der strahlende Mittelpunkt ihrer Klasse.

Großmutter schwieg in sieben Sprachen.

Mit Herrn Mardell war ich, nach meinem Notruf aus Berlin, im Briefwechsel geblieben. Direkt an Lucie zu schreiben wagte ich noch immer nicht, doch von ihrem Vater hörte ich, dass es ihr gut ging. Er schickte mir ziemlich regelmäßig Programmhefte von Konzerten, die er besucht hatte, und manchmal beschrieb er sie mir auch. Wir waren ungefähr ein halbes Jahr wieder zu Hause, als ich von ihm eine überaus sachkundige Besprechung eines Auftritts des Geigers Jacques Thibaud erhielt. In einem PS schrieb er: *Es wird Sie zweifelsohne freuen zu vernehmen, dass Ihre Bonmaman und die treue Rosalba sich einer blühenden Gesundheit erfreuen. Ich habe mich gestern selbst davon überzeugt. Und sie freuen sich ihrerseits sehr darauf, Sie bald in Antwerpen begrüßen zu können.*

Tags darauf erhielten wir einen Brief meiner Großmutter, in dem sie uns dringend aufforderte, sie wieder einmal für ein paar Tage zu besuchen, und sie war, merkwürdigerweise, als wir schließlich da waren, aufrichtig erfreut, uns zu sehen.

Rosalba sagte, sie wolle mir beim Auspacken der Koffer helfen.

Im Gästezimmer nahm sie mein Gesicht in ihre schwieligen Hände.

»Du weißt, dass ich dir bestimmt geschrieben hätte, wenn ich es könnte«, flüsterte sie. Ich übernahm gleich wieder die Rolle, die ich in Großmutters Komödie zu spielen hatte.

»Ja, natürlich, du hast keine Zeit gehabt, du hast so viel zu tun.«

Sie schüttelte den Kopf: »Du darfst nicht so dumm daherreden … dass ich keine Möglichkeit bekommen habe, lesen oder schreiben zu lernen, ist doch keine Schande.«

Es war wohl eine Schande, aber nicht ihre. In diesem Augenblick begriff ich, wie sehr ich Rosalba liebte, und ich glaube, dass sie es auch wusste.

Als meine beiden jungen Onkel von ihrem Tagewerk nach Hause kamen, Fredie studierte in Brüssel Jura und Charlie »machte in Diamanten«, fanden beide, dass ich mich zu meinem Vorteil verändert habe. Sie hielten die Zeit für gekommen, etwas zu meiner Allgemeinbildung beizutragen. Charlie brachte mir ein paar Tage darauf eine Holzkiste voller Briefe.

»Lies das«, sagte er, »und wenn du später jemals so etwas schreiben solltest, schlag ich dich tot.«

Die Briefe stammten von seinen zahlreichen abgelegten Anbeterinnen. Charlie war klein und hässlich, wusste aber genau, dass er jede Frau, die er haben wollte, um den Finger wickeln konnte. Von seinem viel besser aussehenden jüngeren Bruder Fredie ließ er sich deshalb das Versprechen abkaufen, nicht da zu sein, wenn dieser eine neue Flamme mit nach Hause brachte. War der geplagte Fredie gelegentlich nicht geneigt, auf diese Erpressungsversuche einzugehen, dann konnte er sicher sein, dass Charlie ihm die noch nicht einmal eroberte Beute ohne jede Mühe abspenstig machte.

Ich war nicht neugierig auf die Schreiben seiner Opfer und sagte, mein Vater habe mich gelehrt, dass es ganz gemein ist, anderer Leute Briefe zu lesen.

»Es sind jetzt *meine* Briefe«, sagte er, »und *ich* sage, dass du sie lesen musst, also los.«

Ich las ein paar davon, mit Widerwillen.

»Was fällt dir dabei auf?«, fragte Charlie in einem unausstehlich pedantischen Schulmeisterton.

»Dass sie fast alle mit ›und jetzt nehme ich ein Bad und gehe danach ins Bett‹ enden.«

»Sehr richtig«, lobte Charlie, »und wenn du je so was einem Mann schreibst, das habe ich dir schon mal gesagt, dann komme ich und schlag dich tot, denn das ist die allerbilligste und allerdümmste Art von Koketterie, die man sich vorstellen kann. Kein Kerl, der einen Schuss Pulver wert ist, fällt darauf herein. Das verstehst du jetzt noch nicht, aber merke es dir für später.« Ärgerlich muckte ich auf, ich hätte wenig Bedarf an Rat für die Zukunft. Den hatte ich auch schon von Onkel Wally bekommen.

»Oh ja?«, sagte Charlie, der von Natur aus neugierig war. »Erzähl doch mal.«

Onkel Wally hatte gesagt: »Wenn du später groß bist und verheiratet, musst du nicht auf das Süßholzraspeln anderer Männer hören. Die denken doch bloß: Ein gut eingeführtes Geschäft ist kein Risiko.« Nachdenklich hatte er noch hinzugesetzt: »Du darfst nicht vergessen: Besser ein schön aufgetragener Teller Erbsensuppe

im Speisezimmer als hastig in der Küche hinunterge-
schlungener Kaviar.« Als ich ihn damals bat, mir diese
Orakelsprüche zu erklären, hatte er es abgelehnt, und
als Charlie feixte, das seien wirklich ausgezeichnete Rat-
schläge, wollte auch er nicht näher darauf eingehen, also
was hatte ich davon?

Fredies Beitrag zu meiner Erziehung betraf ein anderes Gebiet, ein viel angenehmeres. Er war ein Bücher-
wurm, und ich musste alles mitlesen, was in unserer
Sprache erschien. Er zwang mich allerdings auch, lange
Prosastellen und Gedichte auswendig zu lernen, die ich
dann mit seiner Meinung nach passenden Gebärden und
Betonungen seinen Freunden vortragen musste. Für
mich eine Höllenqual, denn die jungen Kerle lachten
Tränen über die hirnverbrannte Darbietung.

Wenn Fredie verliebt war, verfasste er auch selbst
Gedichte, die, zumindest von der Dame, für die sie bestimmt waren, von ihm selbst und von mir sehr geschätzt wurden, doch auf die Dauer war es einfach nicht
durchzuhalten, weil er ein leicht entflammbares Gemüt
hatte und so gut wie jede Woche die Angebetete wech-
selte. Aus Zeitnot wurde er zum Schöpfer des prak-
tischen Konfektionsgedichts. Es lautete wie folgt:

An meiner Wand hängt eine Uhr,
Und tickt und tickt und tickt doch nur,
an meiner Wand die kleine Uhr:
Marie … Marie … Marie …

Viel' Bäume stehen in dem Wald,
Sie sind sehr hoch, sie sind sehr alt,
Was raschelt jeder Baum im Wald?
Marie … Marie … Marie …

Dann gab es noch Wellen, »die spülten über den Sand«,
und Vögel und ein Bächlein, die allesamt auf jeweils be-
sondere Weise Marie … Marie … Marie … zum Besten gaben, bis ein attraktiveres Mädchen vorübergehend
Fredies flatterhaftes Herz in Beschlag zu nehmen vermochte, dann murmelte, raschelte, tickte und zwitscher-
te die ganze Gesellschaft prompt einen anderen Namen.
Gelegentlich lieh er das Gedicht auch Freunden aus, die
ein wohlgefälliges Auge auf junge Damen mit Sinn für
Poesie geworfen hatten.

Mit seinem Besuch hatte Herr Mardell meine Großmutter derart bezirzt, dass sie mich ermutigte, doch
schnell drüben vorbeizuschauen, während sie sich früher mehr oder weniger darüber geärgert hatte, dass ich
so gern nach gegenüber ging. Bertha begrüßte mich an
der Haustür mit einem Freudenschrei und einer Reihe
nasser Schmatzer.
　　»Was bist du gewachsen! Wie alt bist du denn jetzt?«
　　»Dreizehn Jahre, Fräulein Bertha.«
　　Sie fragte, ob ich schon ein großes Mädchen wäre. Ja,
das war inzwischen auch geschafft.
　　Lucie kam die Treppe herunter, blass und mager. Sie

umarmte mich herzlich und legte mir eine kleine Silberkette um den Hals, an dem ein Herz aus Granat hing. »Zur Feier deiner wohlbehaltenen Wiederkehr«, sagte sie, »geh zuerst einmal zu meinem Vater, denn er will alles über deinen Berliner Séjour hören, und wenn du alles erzählt hast, kommst du einfach nach oben, dann gibt es die übliche Tasse Schokolade.« Sie küsste mich noch einmal auf beide Wangen, sie roch noch immer genauso gut nach Maiglöckchen, und lief wieder nach oben.

An meinem Berliner Séjour war sie nicht interessiert.

Herr Mardell trat aus seinem Arbeitszimmer und begrüßte mich mit fröhlichem Lachen und einem herzlichen Händedruck. Eine seiner angenehmen Eigenschaften war, dass er keine Küsse gab oder erwartete.

Zu meiner Überraschung »sah« ich auf einmal all seine Bilder. Ich fragte, ob er noch neue gekauft habe. Nein, er hatte vorläufig genug, jetzt interessierten ihn Masken und sehr primitive Skulpturen viel mehr. Er zeigte mir einige, die ich hässlich fand. »Aber dein Vater sagt, dass ich weiß, was schön ist, bevor es die anderen wissen.« Wir lachten zusammen über die Erinnerung an meinen ersten Besuch. Er wollte alles über die verschiedenen Währungen in Deutschland hören und über Dr. Schacht und die Knieper.

Er sagte, es sei sehr nützlich, bereits in jungen Jahren eine schlechte Kritik einstecken zu müssen, denn schlechte Kritiken seien immer lehrreicher als gute, man lerne dabei zumindest seine wahren Freunde kennen. Ich erzählte von Milis Urteil über Hänschen. Er fragte, ob das noch immer dieselbe liebe, kluge Freundin wäre, und sagte, dass ich später, wenn ich es wirklich geschafft hatte, Konzerte zu geben, merken würde, wie manche Leute rein zufällig nie die Zeitungen oder Zeitschriften mit den positiven Besprechungen lesen.

Herr Mardell hatte Leona bei vielen Konzerten bewundert und sogar einmal bei einem Diner bei Freunden ihre Bekanntschaft gemacht. Nein, sie war nicht nett, wohl amüsant und eitel.

»Große Künstler sind meist nicht liebenswert«, meinte Herr Mardell, und das brauchten sie auch nicht zu sein. Wenn sie gute Bücher oder Gemälde schaffen oder so schön spielen wie Leona, sei das schon mehr als genug. Es gebe viel zu viele Menschen auf der Welt, die nichts anderes könnten als nett zu sein. Ich fühlte mich verpflichtet, Leona zu verteidigen: Ihre jahrelange Freundschaft mit den Kniepers sei doch ein klarer Beweis, dass sie einen sehr guten Charakter haben müsse. Da war Herr Mardell anderer Meinung.

»Jeder braucht einen Theo«, sagte er. »Frau Knieper ist Leonas Theo.« Er holte ein Buch mit Reproduktionen von Gemälden Vincent van Goghs aus einem Schrank und erzählte ausführlich vom schwierigen Leben des Malers, das ohne die Hingabe seines Bruders Theo völlig unerträglich gewesen wäre. »Der Erfolg fast jeden Künstlers beruht darauf, dass sich jemand aus seiner nächsten Umgebung aufopfert. Nur die allerstärksten können ihren Weg allein gehen.«

Ich glaube, es waren lehrreiche und interessante Ausführungen, aber ich sehnte mich nach Lucie und war froh, als Bertha Herrn Mardell den Kaffee brachte. »Nimm ihn gleich wieder mit«, sagte er, »nachdem unsere Freundin zum ersten Mal wieder bei uns ist, werde ich ihn mit den Damen trinken und hören, ob musikalisch gute Fortschritte gemacht wurden.«

Auf der Treppe fragte er, ob ich Menie und Salvinia bereits begrüßt habe, und er erzählte, dass sich Gabriel im Moment in London aufhalte, was für mich bestimmt eine Enttäuschung sei. Ich wurde wieder rot bis hinter beide Ohren. »Bleibt er für immer fort?«

»Nein, in einem halben Jahr kommt er zum Glück wieder zu uns zurück. Er wollte so gern nach England, und ich habe es für ihn regeln können. Er arbeitet jetzt bei einem Freund von mir.«

Lucie umarmte mich noch einmal, Bertha stellte eine Tasse dampfende Schokolade vor mich hin.

»Alles ist wieder genau wie früher«, sagte ich mit einem wohligen Seufzer.

Auf Herrn Mardells Bitte spielte ich meine Mozart-Sonate und erwartete gespannt sein Urteil. Technisch sei ich ordentlich vorangekommen, meinte er, und ich würde selbst noch merken, wie Mozarts Musik sich wandle. Jetzt war sie jung und heiter, und später, sehr viel später, wie er hoffte, würde ich hören, wie wehmütig und tragisch sie geworden war. Lucie protestierte: »Was für ein Unsinn, Vater. Tragisch und wehmütig. Es ist die fröhlichste Musik, die es gibt.« Herr Mardell schüttelte den Kopf. »Ich bin froh, dass du noch nicht hörst, dass jede Note, die Mozart schrieb, davon singt, dass alles, was jung ist, alt werden und sterben muss, und dass alle Schönheit vergänglich ist.«

»Außer seiner eigenen Musik«, sagte ich unbeholfen.

»Außer der Schönheit seiner eigenen, himmlischen Musik«, stimmte Herr Mardell zu.

Er trank seinen Kaffee aus und erhob sich dann. »Ich muss mal wieder meine Brötchen verdienen.« Im Vorübergehen strich er mir übers Haar. »Komm nur oft wieder zu uns, wir freuen uns, dass unsere Freundin wieder bei uns ist, nicht wahr, Lucie?«

Wir hörten ihn die Treppe hinuntergehen, und nachdem seine Zimmertür ins Schloss gefallen war, sagte Lucie: »Denk daran, dass du noch immer die Einzige bist, die von Gabriel und mir weiß.«

»Bist du denn noch immer mit Gabriel verlobt?«

Ich hatte feurig gehofft, dass sie inzwischen ihren Irrtum eingesehen hatte.

»Aber sicher, hast du gedacht, dass ich es nicht mehr wäre, weil er in England ist? Im Gegenteil, ich bin sehr froh darüber – aber du musst mir jetzt einen großen Gefallen tun«, sagte Lucie, während sie ihren Arm um mich legte, »und vorläufig nicht über Gabriel sprechen, denn die Wände hier haben Ohren.«

Ich versprach ihr zu schweigen wie ein Grab.

Ich bekam schon mehr über Gabriel zu hören, als mir lieb war, von Oma Hofer.

Seit wir ein dunkles Geheimnis teilten, hatte sich ihre Haltung mir gegenüber vollkommen geändert. Sie trieb ihre Freundlichkeit so weit, dass sie mir wiederholt versicherte: »Man muss nicht reich sein, man muss nicht schön sein. Glück muss man haben!«, und auf diese Mut machenden Worte folgte eine lange, wirre Geschichte von irgendeinem bettelarmen, abgrundtief hässlichen kleinen Monster, das wider jede Erwartung noch in hohem Alter ein tüchtiges Mannsbild eingefangen hatte. Eine meiner Tanten, oder meine Großmutter, fühlte sich dann verpflichtet, sofort eine Reihe mir bekannter, lieber Schönheiten aufzuzählen, die trotz allem »nicht gepflückt worden waren«, weil sie keinen roten Heller besaßen.

Meine weiblichen Verwandten, die es sehr gut mit mir meinten, waren der Ansicht, ich könne nicht früh genug begreifen, dass ich zu den Parias, den Verdammten dieser Erde, gehörte; in unseren Kreisen waren das die Mädchen ohne Brautschatz. Blieb so eine mittellose junge Frau ledig, dann durfte sie, wenn sie aus einer sogenannten noblen Familie stammte, nicht versuchen, ihr eigenes Geld zu verdienen, indem sie in einem Büro oder Laden arbeitete. Sie musste ihre tristen Tage in der elterlichen Wohnung absitzen, als unterwürfiges Arbeitstier der Familie, die Tag und Nacht, ohne ein Wort des

Dankes, über ihre unbezahlten Dienste verfügen konnte. Und wenn ein Mädchen ohne Brautschatz heiratete, war es womöglich noch schlechter dran. Eine Frau, die nichts als sich und ihre Liebe in die Ehe einbrachte, zählte nicht. Sobald der Flitterwochenrausch verflogen war, wurde sie von ihrem Ehemann nicht mehr als Ebenbürtige behandelt. Besaß sie Tugenden und Fähigkeiten, dann wurden diese von ihrer angeheirateten Verwandtschaft systematisch verspottet und herabgesetzt, und die neuen Verwandten würden sie, wo es nur ging, schikanieren und drangsalieren, bis sie dankbar war, ihr Leben auszuhauchen. Es sei nützlich für mich, schon früh zu wissen, woran ich war, und meine weiblichen Verwandten, die freiwillig und furchtlos diese Aufgabe auf sich nahmen, mich auf eine harte Zukunft vorzubereiten, waren wenig begeistert von Oma Hofers Märchen, weil damit, wie sie fürchteten, das gute Werk, das sie bereits an mir verrichtet hatten, gefährdet werden könnte. Vor allem, weil sie nicht verstanden, weshalb wir plötzlich so dicke Freunde waren. Nach jedem ihrer Besuche bat mich Oma Hofer, sie ein Stückchen nach Hause zu begleiten, und erzählte unterwegs die neuesten Neuigkeiten von Gabriel.

Da ich zu meinem Ärger immer heftig errötete, sobald sein Name fiel, meinte sie, genau wie Herr Mardell, dass ich ein bisschen in ihn verliebt sei.

Gabriel ging es sehr gut in England. Sie hoffte, dass er noch etwas länger dort blieb, obwohl er ihr sehr fehlte. »Ich bin froh, dass er nicht mehr bei den Mardells ist«,

sagte sie, »die hatten einen schlechten Einfluss auf ihn.«
Ihr Sohn Jankel war der Anlass, weshalb Oma Hofer
jetzt viel häufiger Großmutter besuchen kam.

Onkel Jankel, Arons Vater, hatte sich nach dem Tod
seines ältesten Kindes von uns entfremdet. Wir sahen
ihn nicht oft, und wenn er doch einmal bei einer Fami-
lienfeier auftauchte, hüllte er sich in der kurzen Zeit, in
der er uns beehrte, in ein unnahbares, missbilligendes
Schweigen.

Jankel Hofer war ein Midas; was er berührte, verwan-
delte sich in Gold. Außer einem bedeutenden Diaman-
tengeschäft besaß er auch Anteile an einer der großen
Banken und war vor Kurzem mit seiner Familie in einen
wahren Palast eingezogen.

Trotz des beißenden Hohns, den er von der ganzen
Verwandtschaft erntete, spielte er sogar mit dem Gedanken, sich zum Honorarkonsul eines mittelamerikani-
schen Staates ernennen zu lassen, und er ließ sein Haus
von einem der prominentesten Innenarchitekten am
Platze elegant einrichten. Als alles fertig war, wurde die
ganze Sippe zur Besichtigung eingeladen.

Alles war sehr teuer und sehr modern, und wir kamen
tief beeindruckt zurück. Mein Vater erlebte einen traurigen kleinen Triumph; von allen Möbeln und Wand-
schmuck aus Jankels früherem Besitz war das einzige
Stück, das den Beifall des Einrichtungsdiktators gefunden hatte, eine Zeichnung, die mein Vater seinem Schwager und seiner Schwägerin zur Hochzeit geschenkt hat-

te, mit einer Darstellung von Adam und Eva bei ihrer Vertreibung aus dem Paradies. Da das Motiv nicht den Geschmack des Brautpaars traf, hatten Adam und Eva früher ein verborgenes Dasein auf der Bodentreppe geführt, doch nach dem Umzug bekamen sie im Arbeitszimmer meines Onkels einen Ehrenplatz.

Wie zu erwarten war, wollte dieser in seiner vornehmen Umgebung hochgestellte Gäste begrüßen. Die stille Post funktionierte bei der Verwandtschaft tadellos, wir wussten schon lange im Voraus, dass Jankel für ein paar prominente Persönlichkeiten aus Antwerpen und Brüssel einen großen Empfang geben wollte, und auch, dass keiner von der Familie dazu eingeladen würde. Das erregte die Gemüter dermaßen, dass Großmutter und Oma Hofer einen Waffenstillstand schlossen. Zunächst hatten sie sich gegenseitig Gleichgültigkeit vorgegaukelt, aber das war nicht durchzuhalten, worauf die beiden mit bitterem Vergnügen eine neue Variante des »qui perd gagne« erprobten: Sie überboten sich gegenseitig mit Lügengeschichten, wie schlecht sie von ihrer undankbaren Brut behandelt würden. Onkel Isis zahlreiche Sünden wurden ausführlich durchgehechelt, und seine Mutter fand, dass die amourösen Abirrungen nicht einmal das Unverzeihlichste in Isis Leben seien.

»Sonja wusste, worauf sie sich einlässt, als sie ihn heiratete«, meinte sie. »Es gibt nun mal zwei Sorten von Männern auf der Welt: die langweiligen Seriösen und die amüsanten Unseriösen. Die Seriösen werden mit zunehmendem Alter sauer wie Essig, und die Amüsanten können keine Frau sehen, ohne ihr in den Hintern zu kneifen. Ich weiß nicht, was schlimmer ist. Mein Mann gehörte zu den Sauren, während …« Sie lief rot an und verschluckte den Rest des Satzes. Zum Glück war ihr rechtzeitig eingefallen, dass es während eines Waffenstillstands taktisch unklug wäre, meinen Großvater, seligen Angedenkens, als Hinternkneifer zu denunzieren.

Zu meiner eigenen Verwunderung begann ich Oma Hofer und ihre Sprüche zu schätzen. Ich fühlte sogar eine gewisse Reue in mir aufsteigen, weil ich sie früher, als ich noch auf der Insel wohnte, mit einem von Blimbos grünen Steinen bedacht hatte.

Ihre Besuche häuften sich, je näher Jankels Fest heranrückte. Der Spionagedienst hatte vom Drucker erfahren, dass die Einladungen auf handgeschöpftem Papier mit Goldrand gedruckt waren, aber keiner aus dem Clan erhielt eine, obwohl jeder bis zuletzt die unausgesprochene Hoffnung gehegt hatte, dass Jankel seine unmenschliche Haltung gegen sein eigenes oder angeheiratetes Fleisch und Blut noch einmal überdenken würde.

Am Morgen des fatalen Tages trank meine Großmutter, in akuter Katerstimmung, mit Oma Hofer, meiner Mutter und mir eine Tasse Kaffee. Das Fest wurde totgeschwiegen, das Thema war zu herzzerreißend geworden, und da wir kein anderes Thema finden konnten, saßen wir schweigend beisammen, bis Charlie singend ins Zimmer kam und dabei triumphierend ein Päckchen über seinem Kopf schwenkte.

»*Hast du schon gehört vom Silberbein, dem Silberbein von Jankel?*«, sang Charlie. War er etwa, fragte Großmutter bitter, krank oder übergeschnappt? Dass er mitten am Vormittag seine Arbeit stehen und liegen ließ, nur um uns mit einer Verschandelung des uralten Liedes von der spanischen Silberflotte zu unterhalten, das konnte sie nicht glauben.

Oma Hofer bemerkte milde, dass es vielleicht ein schönes Lied wäre, wenn es von jemand mit einer guten Stimme gesungen würde, aber Charlie war völlig aus dem Häuschen und nicht zu beruhigen. Er tanzte mit seiner Beute im Zimmer herum und schmetterte seine verballhornte Fassung des patriotischen Lieds, bis ihm die Luft ausging. Schließlich setzte er sich und sagte, dass wir jetzt gut aufpassen sollten. Sorgfältig öffnete er das Päckchen und ließ uns den gebratenen Schenkel eines Riesenvogels besichtigen, dekoriert mit einer kunstvollen Silberpapiermanschette.

Charlie wurde jeden Morgen von seinem Chef, der mit einem gesunden Appetit gesegnet war, losgeschickt, um in der Pelikaanstraat belegte Brötchen zu holen. In der Vitrine des Ladens stand einsam, in voller Pracht und Herrlichkeit, ein mehr als lebensgroßer Puter mit silbernen Manschetten. Es seien, sagte Charlie, vor allem diese silbernen Putenbeine gewesen, die seine Fantasie angeregt hatten. Er machte Frau Breine, der Ladeninhaberin, ein Kompliment wegen des prächtigen Tiers, und die arme Frau beging den Fehler ihres Lebens, als sie sagte, dass er den Vogel bestimmt heute Abend auf dem Fest seines Schwagers wiedersehen würde, wo der Truthahn der eindrucksvolle Höhepunkt einer Parade von Delikatessen sein sollte. Sie hatte der Verführung nicht widerstehen können, kurz mit ihrem kulinarischen Meisterwerk in der Vitrine zu prunken. »Das wurde ihr zum Verhängnis«, sagte Charlie, »Eitelkeit muss bestraft werden.« Er hatte ihr so lange in den Ohren gelegen, bis sie einen der Schenkel abschnitt, keine Frau konnte ihm etwas abschlagen.

Rosalba hatte sich zu uns gesellt, und zu viert starrten wir Charlie sprachlos vor Bewunderung an. Er sagte, dass wir ihn nicht so hungrig anschauen sollten, er werde nichts von Jankels Bein abgeben. Das habe er sich ehrlich und ganz allein verdient, und er werde es auch ganz allein verputzen. Wir waren völlig einer Meinung mit ihm und sahen ehrfurchtsvoll zu, wie seine kräftigen jungen Zähne kurzen Prozess mit der stattlichen Keule machten. Die Silbermanschette steckte er, als Andenken, in seine Brieftasche.

Zwei Minuten später kam der Anruf der verzweifelten Frau Breine.

Jankel Hofer, der in den Laden gekommen war, um ihr noch ein paar Anweisungen für den erfolgreichen Ablauf des Festabends zu geben, hatte den verstümmelten Truthahn gesehen. Frau Breine flehte ihren Verführer an, ihr das Bein zurückzubringen. Sie behauptete, es gelänge ihr bestimmt, es mit ein bisschen Gelatine und Mayonnaiseverzierungen wieder so an seinem rechtmäßigen Besitzer zu befestigen, dass es keiner merkt. Charlie sagte ihr mit Grabesstimme, dass das Bein perdu sei, und setzte noch hinzu, er sei doch verwundert, dass eine so anständige Frau wie sie so merkwürdige Ideen hege. Wo wolle sie denn das Bein an den Herrn Hofer ankleben? Daraufhin wurde Frau Breine so ausfällig, dass Charlie es für ratsam erachtete, den Telefonhörer ganz sachte auf die Gabel zu legen.

Jankels Festabend wurde im Familienkreis vergnügt begangen. Unter Charlies Leitung sangen wir gemeinsam das Lied vom Silberbein, und er wurde als Held des Tages gefeiert, doch er hatte nur einen Scheinsieg errungen.

Jankel gönnte keinem von uns das Vergnügen, je auch nur ein Wort über etwas so Unwichtiges wie einen Truthahn fallen zu lassen. Dagegen gab er ganz nonchalant ab und zu eine kleine Anekdote über diesen guten Minister oder jenen reizenden Gouverneur zum Besten, um sich gleich darauf an die Stirn zu schlagen und in entschuldigendem Ton zu sagen: »Ach ja, nimm's mir nicht übel, ich hatte vergessen, dass du ihn gar nicht kennengelernt hast …«, und dann bebte jeder auf der ganzen Linie vor Entrüstung.

Auf der Insel stand meine Wohnung leer, und Klembem ließ sich nicht mehr sehen. Nur noch ganz selten hörte ich sein grässliches Stimmchen, und ich wusste, dass auch das bald vorüber sein würde. Ein weiteres Zeichen deutete auf das beginnende Erwachsensein hin: Ich begann mir Sorgen wegen meines unattraktiven Aussehens zu machen. Bei der ersten Gelegenheit besprach ich das Problem mit Herrn Mardell.

»So hässlich bist du doch gar nicht«, meinte er, »du siehst deinem Vater ähnlich, und den finden die Leute in der Regel nicht unansehnlich, außer deine Verwandten von gegenüber, die so penetrant stolz auf ihre geraden Nasen sind. Eigentlich müssten diese Nasen ihnen, als derart fanatische Zionisten, das unbehagliche Gefühl vermitteln, ständig unter falscher Flagge zu segeln.«

Vor Angst, dass wir von dem Thema, das mich beschäftigte, abschweifen könnten, äußerte ich die Sorge, dass mein komisches Gesicht vielleicht einmal meiner musikalischen Karriere schaden könnte. Den von meinem Vater geerbten zu breiten Kiefer konnte ich schließlich nicht wie er einfach mit einem wehenden Bart kaschieren.

Myra Hess und Leona waren beide so schön, dass es ein ebenso großes Vergnügen war, sie anzusehen wie sie spielen zu hören.

Herr Mardell meinte, für die beiden Damen sei dies zweifellos ein angenehmer Umstand, doch für den wahren Kunstliebhaber sei es einerlei, ob ein Künstler mit äußerlicher Schönheit gesegnet war oder nicht. Er führte eine Unmenge genialer Vogelscheuchen beiderlei Geschlechts an, die auf der ganzen Welt vor vollen Sälen sangen, spielten oder tanzten. Es war ein magerer Trost.

Salvinia und Menie hatten mich bei meinem ersten Besuch mit so eisiger Höflichkeit behandelt, dass ich es nicht mehr wagte, zu ihnen zu gehen. Ich erzählte es Bertha und fragte, ob sie meine, dass ich die beiden, unbeabsichtigt, irgendwie beleidigt habe.

»Sie sind nicht auf dich böse«, sagte Bertha, »aber sie wollen nichts mit dir zu tun haben, weil du mit Gabriel befreundet bist. Sie sind wütend, weil er eine bessere Stellung und ein höheres Gehalt als Menie hat. Sie finden, dass Herr Mardell ihn zu sehr bevorzugt, jetzt wieder mit der Reise und so, und ich finde, sie haben recht.«

Im Herzen gab ich Menie und Salvinia ebenfalls recht. Herr Mardell war wirklich viel zu gut zu diesem Jungen. Er hatte mir sogar anvertraut, dass er vorhabe, Gabriel am Ende von dessen Englandaufenthalt zu besuchen. Er wolle ihn, zur Belohnung für die erzielten Fortschritte, zu einer Spritztour einladen und danach mit ihm zusammen nach Hause fahren, doch darüber dürfe nicht gesprochen werden, weil es eine Überraschung werden solle. Immer dieser Gabriel. Seinetwegen hatte ich jetzt schon mit drei Leuten ein Geheimnis, mir wurde ganz kribblig davon.

Unser Aufenthalt war diesmal so ungewohnt friedlich und freundlich verlaufen, dass wir uns sogar später als zuvor vereinbart auf die Heimreise machten. Wir wurden von allen Frauen der Familie plus Rosalba zum Zug gebracht und bekamen genug Proviant für eine Reise nach Reykjavík mit, außerdem wurden wir nachdrücklich von Großmutter aufgefordert, doch einen langen Logierbesuch einzuplanen, wenn wir zu ihrem Geburtstag wiederkämen.

Dieser Sommer war übrigens weniger aufregend als der mit Bobby und Garn, und Großmutters Geburtstag verlief ziemlich lahm. Onkel Isi kam diesmal, umschwärmt von seiner Familie, als vorbildlicher Hausvater zum Gratulieren, und alle fühlten sich ein wenig betrogen. Oma Hofer, die mich wieder aufgefordert hatte, sie ein Stückchen zu begleiten, erzählte, dass Gabriel sich gut mache und der alte Mardell sie angenehm überrascht habe. Er werde in ein paar Wochen nach England fahren und dort eine Weile mit Gabriel herumreisen. Ich sagte, das hätte er mir schon lange erzählt, und Oma Hofer fragte, ob ich denn schon wieder gegenüber gewesen sei. Da ich merkte, dass meine Freundschaft mit den Mardells sogar Eindruck auf Oma Hofer machte, bereitete es mir großes Vergnügen, gleichgültig zu sagen, dass ich am nächsten Morgen zum ersten Mal wieder zu ihnen ginge und danach so oft ich wolle, bis wir wieder nach Hause fuhren.

Mein Fimmel für Lucie hatte schon längst den Höhepunkt überschritten, doch sobald ich bei ihr war, wirkte der alte Zauber und ich wurde, ohne eine Sekunde darüber nachzudenken, zu ihrer Komplizin, als sie mich darum bat.

Bei meinem ersten Besuch erklärte sie mir, sie müsse etwas Wichtiges mit mir besprechen.

»Du bist jetzt schon ein großes Mädchen«, sagte sie, »und ich glaube, dass ich dich ins Vertrauen ziehen kann, vor allem, weil du Gabriel ja auch magst.«

Sie dachte das also auch! Ich widersprach dem Unsinn lieber nicht. Sie schwieg lange. »Spiel doch mal irgendwas, dann kann ich in Ruhe nachdenken.« Ich konnte nicht Klavierspielen, während ich vor Neugier verging. Dann sagte Lucie, dass ich mich neben sie setzen dürfe.

»Du weißt, wie sehr Gabriel und ich uns lieben und dass wir gern heiraten möchten, aber darüber kann man mit meinem Vater nicht reden. Gabriel hat gleich eine gute Stelle bei einer englischen Bank bekommen. Er hat sich selbst hervorragend die Sprache beigebracht. Es geht ihm sehr gut, aber mein Vater ist ein eigensinniger und stolzer alter Mann; und wenn Gabriel Direktor der Bank of England würde, nicht einmal dann würde er mir erlauben, ihn zu heiraten.«

»Aber warum nur? Dein Vater mag Gabriel, er ist doch so stolz auf ihn, er geht sogar mit ihm auf Reisen!?«

»Es gibt keinen, der mir helfen kann«, sagte Lucie tragisch, »außer dir. Du bist gerade zur rechten Zeit zurückgekommen.«

»Aber Bertha würde dir doch auch gern helfen.«

»Das will ich nicht. Wenn ich weg bin, muss jemand

da sein, der weiter gut für Vater sorgt. Wenn er wüsste, dass sie mir bei meiner Flucht geholfen hat, würde er sie noch am selben Tag vor die Tür setzen.«

»Willst du fliehen? Oh wie toll, wie im Roman.«

»Überhaupt nicht toll«, sagte Lucie bedrückt, »ich würde viel lieber einfach aus meinem Elternhaus heraus heiraten. Gabriel und ich haben die ganzen Jahre warten müssen, bis ich jetzt die Einwilligung meines Vaters nicht mehr brauche.«

Das war mir zu kompliziert, aber ich glühte vor Eifer. »Was soll ich tun, Lucie?«

Wieder überlegte sie lange. »Zuerst muss ich meiner Cousine, die in England wohnt, schreiben und sie fragen, ob ich bei ihr eine Weile wohnen kann; denn ich muss vierzehn Tage im Land gewesen sein, bevor ich dort heiraten darf, und Gabriel und ich wollen alles ganz korrekt machen. Ich werde nicht einmal in einem Hotel übernachten.«

Das war wieder viel zu hoch für mich. »Dann muss ich«, fuhr Lucie fort, »sobald ich weiß, wann ich zu ihr kommen kann, an einem Morgen hier weggehen, als ob ich einfach mal einen Tag weg bin, ohne Koffer.«

»Muss ich denn Koffer und Kleider für dich aus dem Haus schmuggeln?«

»Das wäre sehr schön, geht aber nicht. Wo solltest du denn mit den Koffern hin, im Haus deiner Großmutter? Alles würde gleich auffliegen. Nein, du musst meinen Schmuck mitnehmen. Es ist nicht besonders viel, er passt prima in deine Notentasche, da schaut sicher keiner nach, und wenn ich abreise, bringst du ihn mir zum Bahnhof.«

Lucie gab mir eine Papiertüte von einer Confiserie. »Hier, das ist der Anfang«, sagte sie. Es war eine Perlenkette mit einem Diamantverschluss.

»Jeden Tag, wenn du zum Klavierspielen kommst, werde ich dir ein bisschen was mitgeben.«

Ich steckte die Perlen zwischen die braven, abgegriffenen Rücken von Mozart und Brahms.

»Als Gabriel die Tasche für dich genäht hat, hatte er bestimmt keine Ahnung, wofür sie eines Tages verwendet wird.« Lucie lächelte. »Ich schon«, sagte sie versonnen.

Den Brief an die englische Cousine schrieb sie noch am selben Morgen, auch den musste ich aus dem Haus schmuggeln und aufgeben. Die Cousine antwortete (postlagernd), dass Lucie jederzeit zu ihr kommen könne, worauf diese beschloss, schon am darauffolgenden Montag zu verschwinden. Sie fragte, ob ich dann noch in der Stadt wäre, aber das wusste ich nicht. In meiner cholerischen Familie konnte man keine Voraussagen wagen.

Das Schicksal war uns wohlgesinnt, und an einem sonnigen Morgen im August ging ich nicht nach gegenüber, wie allgemein angenommen wurde, sondern zum Bahnhof, wo ich Lucie am Zug nach Calais treffen sollte. Ich war ein bisschen traurig, sie vorläufig zum letzten Mal zu sehen, aber es würde eine Erleichterung sein, den Schmuck wieder in ihrer Obhut zu wissen. Sie trug ein hellblaues Sommerkleid. Der Zug sollte erst in zwanzig Minuten abfahren, und ich setzte mich zu ihr ins Coupé. Sie dankte mir, dass ich ihr so tapfer geholfen hatte, und bat mich, ihr noch einen letzten, schweren Dienst zu erweisen.

»In ein paar Tagen musst du zu meinem Vater gehen, dich wird er bestimmt immer einlassen. Du sagst ihm dann, wie traurig Gabriel und ich es finden, dass wir uns zu diesem Schritt entschließen mussten, aber dass er uns keine andere Wahl gelassen hat. Ich schreibe ihm übrigens, sobald ich in England angekommen bin, denn ich will nicht, dass er sich Sorgen um mich macht. Sag Vater auch, dass Gabriel und ich ihn sehr lieben und dass wir hoffen, dass alles schnell wieder genauso gut zwischen uns sein wird, wie es immer gewesen ist.« Sie küsste mich und wünschte mir Erfolg bei meiner diplomatischen Mission. Ich musste aussteigen und winkte ihr nach, solange ich noch einen Schimmer ihres glücklichen Gesichts zu sehen glaubte.

Es war schwierig, das Geheimnis für mich zu behalten; aber mein Pflichtbewusstsein erlegte mir striktes Schweigen auf. Zu meiner Mutter sagte ich, ich ginge nicht zu Lucie Klavierspielen, weil sie für kurze Zeit nicht in der Stadt sei.

Nach ein paar Tagen bekam ich einen Brief aus London, in dem sie mich an mein Versprechen erinnerte.

Gabriel schrieb ein paar Zeilen dazu und nannte mich ihre tapfere Fee.

Diesen Ehrentitel musste ich mir erst noch verdienen. Ich stellte mir vor, als tapfere Fee in Herrn Mardells Zimmer zu schweben und in so weisen Worten zu ihm zu sprechen, dass er ein paar Tränen der Rührung vergießen und sagen würde:»Dank dir, Gittel, ist alles vergeben und vergessen, schreib nur, dass meine Kinder unverzüglich nach Hause kommen dürfen.«

Gut gelaunt und von meinem Sieg überzeugt, ging ich am nächsten Morgen zu dem Haus, in dem ich so viele gute Stunden verbracht hatte. Ich klingelte und Bertha öffnete. Sie erschrak, als sie mich sah, Tränen rollten über ihre Wangen.»Oh, Gittel«, schluchzte sie,»uns ist ein großes Unglück widerfahren.« Salvinia steckte den Kopf durch den Schalter. Sie hatte einen Zeigefinger auf ihre haarige Oberlippe gelegt.»Seid doch still, seid doch still«, zischelte sie mit einem scheuen Blick auf Herrn Mardells Zimmertür. Bertha erzählte unter ständigem Schluchzen, dass Herr Mardell nach dem Empfang von Lucies Brief sich geweigert habe zu essen, zu schlafen oder jemanden zu sprechen; ja, dieser doch so gepflegte Mann hatte sich seither nicht einmal mehr rasiert,»als ob er in Trauer wäre«. Salvinia steckte wieder vorsichtig den Kopf durch das Schalterfenster:»Sogar mit uns«, wisperte sie,»hat er nicht mehr geredet, seit dieser Brief kam. Menie und ich arbeiten eben ein bisschen aufs Geratewohl, wir wissen nicht, was wir tun sollen, wir wagen es nicht, zu ihm zu gehen, und er hat noch nicht nach uns geklingelt.« Im selben Augenblick ertönte die Klingel. Salvinia fiel fast durch den Schalter vor Eifer, möglichst schnell bei ihm zu sein. »Gott sei Dank«, stöhnte Bertha, »jetzt wird er wieder einfach an die Arbeit gehen.«

Salvinia kam unverzüglich zurück, kreidebleich. »Er hat gehört, dass du da bist«, sagte sie ängstlich, »und jetzt sagt er, dass du zu ihm kommen musst. Oh, hast du keine Angst?«

Ich fühlte mich noch mehr tapfere Fee als zuvor und schüttelte heftig und feenhaft, wie ich hoffte, den Kopf. Unter dem bewundernden Starren von Bertha und Salvinia öffnete ich gelassen die blond glänzende Tür. Süß lächelnd betrat ich das vertraute Zimmer. Herr Mardell saß an seinem Schreibtisch, unrasiert, abgemagert und gealtert. Als ich die Tür hinter mir geschlossen hatte und noch immer mit diesem anmaßenden Lächeln auf ihn zuging, sagte er:

»Du …«

Dieses eine Wort reichte, mir seine tiefe Abneigung bewusst zu machen. Meine Knie knickten ein, und ich sah nichts als den verächtlichen Blick, mit dem er mich musterte. Ich setzte mich auf den Stuhl ihm gegenüber, er sah mich weiter an, wortlos.

»Herr Mardell«, stotterte ich, »Sie dürfen nicht böse auf Lucie oder Gabriel sein. Oder auf mich.«

»So, ich darf nicht böse sein«, äffte er mich mit einer

fremden, belegten Stimme nach. »Über Lucie und Gabriel werde ich gleich sprechen, aber zuerst habe ich mit dir ein Hühnchen zu rupfen. Weißt du, was du bist?«

Den Kopf zu schütteln war alles, wozu ich imstande war.

»Du bist eine Verräterin.«

Er erhob sich aus seinem Stuhl und begann hin und her zu laufen, wie ein Tier im Käfig.

»Eine undankbare Verräterin bist du. Ich begreife nicht, wie jemand so jung schon so verschlagen sein kann.«

»Aber Lucie und Gabriel lieben sich so sehr, er ist doch so ein kluger Junge, das haben Sie selbst immer gesagt, und jetzt finden Sie ihn auf einmal nicht gut genug für sie.«

»Nicht gut genug? Nicht gut genug? Wer denkt das? Er verkauft sich an eine viel ältere Frau, der Narr. Er wird es noch zutiefst bereuen, aber meine Tochter und dieser Einfaltspinsel sind später dran, jetzt geht es um dich, du Verräterin. Schämst du dich nicht?«

Er war immer gut zu mir gewesen. Er hatte, um mir eine Freude zu machen, ein ihm teures Gemälde über den Flügel gehängt. Er hörte geduldig zu, wenn ich um Rat oder ein Urteil bat, und es war jämmerlich, ihn unrasiert und zerknittert zu sehen, nicht mehr der mondäne, elegante Herr Mardell, nur noch ein trauriger, gekränkter, böser, alter Mann. Ich begann laut zu weinen.

»Du denkst bestimmt«, fuhr er fort, »dass du eine

sehr edle Rolle in dieser unseligen Geschichte gespielt hast. Nichts ist weniger wahr. Die beiden wären ausgezeichnet ohne deine Handlangerdienste von hier weggekommen. Gott weiß, dass meine Tochter volljährig ist. Dreißig Jahre ist sie alt, die Närrin. Sie hätte meine Zustimmung in England nicht gebraucht, aber vor ihrem dreißigsten Geburtstag konnte sie nicht über das Erbe ihrer Mutter verfügen, doch darum geht es jetzt nicht, jetzt geht es um dich.«

Er war wieder im Zimmer umhergewandert. Das Weiß in seinen Augen war gelb geworden, und ein Auge war blutig geädert. Mit einem Mal begann er laut zu lachen. Bertha und Salvinia, die ihre Ohren an die Tür gedrückt hatten, um alles, was dort gesagt wurde, zu verfolgen, wagten es nach dem Geräusch hereinzukommen.

»Sie lachen wenigstens wieder«, sagte Bertha erlöst, »ich bringe Ihnen gleich Ihr Frühstück.«

»Raus mit euch«, schnauzte Herr Mardell, »zuerst muss ich mit dieser jungen Dame abrechnen«, und als sie zögerte, nahm er ein Buch und tat, als wolle er es ihr an den Kopf werfen. Die beiden flohen eilends aus dem Raum, und er begann wieder so schrecklich zu lachen.

»Was bist du für ein dummes Kind. So ein kompletter Dummkopf, und die zwei Schlawiner haben das sehr gut erkannt. Sie haben gewusst, dass ich dich sehr mag; und das war tatsächlich so.« Er sah mich an: »Das hast du auch gewusst, nicht wahr?«

»Wenn du den beiden nicht geholfen hättest, hättest

du Lucies Platz einnehmen können, aber dieses falsche Pärchen hat dem sehr unfein einen Riegel vorgeschoben, indem sie dich in die Flucht einbezogen haben. Sie wissen, dass ich alles verzeihen kann außer Verrat und Undankbarkeit.« Er wanderte weiter durchs Zimmer, bis er wieder neben meinem Stuhl stand.»Ich will dich nie mehr wiedersehen.«

Ich stand auf, um zu gehen.

»Setz dich, ich bin noch nicht fertig, das Wenigste, was du tun kannst, nachdem du dich so unglaublich gut benommen hast, ist, mich ruhig anzuhören und nicht Rotz und Wasser zu heulen, und sieh mich an, wenn ich mit dir spreche. Ich werfe dich gleich aus dem Haus, und wage es nicht, mir je wieder unter die Augen zu treten, doch bevor du endgültig gehst, werde ich dir etwas prophezeien: Du wirst dein Leben lang unglücklich sein und auf alles hereinfallen. Jeder, dem du vertraust, wird dein Vertrauen enttäuschen; und wenn es jemand gut mit dir meint, wirst du zu dumm sein, es seinem Wert entsprechend zu schätzen. Es kann durchaus sein, dass ich nach einer gewissen Zeit meine Tochter und diesen Schlauberger, meinen Schwiegersohn, wieder in Gnaden aufnehme, doch dir werde ich nie verzeihen. Mein Schwiegersohn! Es ist zum Totlachen.«

Er stellte sich neben mich.»Du denkst bestimmt, dass Gabriel wirklich in meine Tochter verliebt ist? Von wegen. Hast du die »Camera Obscura« gelesen?«

»Ja, Herr Mardell.«

»Dann erinnerst du dich auch an Keesje, der seine Leiche verschönern wollte. Gabriel wollte auch auf Nummer sicher gehen. Dir jedoch ist keine Sicherheit beschieden. Du gleichst deinem Vater, aber der weiß zumindest, dass er ein Schlemihl ist. Du wirst ewig glauben, das Glück sei zum Greifen nah, und dabei nichts als Enttäuschung und Kummer erleben.« Plötzlich erinnerte ich mich an Frau Kniepers' Kelche voll Leid und Freude und stotterte, dann würde ich wenigstens die »Appassionata« gut spielen lernen. Herr Mardell schwieg einen Augenblick, und dann hat er mich verflucht.

»Vielleicht lernst du es wirklich einmal, wenn du ganz alt bist«, lachte er, »*aber dann wird keiner da sein, der dir zuhören will*, oder hast du etwa gedacht, eine berühmte Konzertpianistin werden zu können, ohne über Geld, Macht oder Intelligenz zu verfügen?«

Ich stand auf und tastete mich zur Tür. Im Gang stolperte ich über Salvinia und Bertha, die mich eifrig auszufragen begannen. Herr Mardell öffnete die Tür. Plötzlich glich er wieder sich selbst.

»Komm kurz zurück, Gittel, ich muss dir noch etwas sagen. Ich bin nicht mehr böse.« Ich traute mich nicht ins Zimmer und verkroch mich hinter den zwei fassungslosen Frauen. »Du darfst Lucie schreiben, dass sie in ein paar Monaten zu mir zu Besuch kommen darf, das machst du doch gern, nicht wahr? Gib mir jetzt die Hand, dann scheiden wir wenigstens als gute Freunde, aber sei nicht enttäuscht, wenn du weder von Lucie noch ihrem Mann je wieder etwas hören wirst. Betrachte es als eine Lehre fürs Leben.«

»Na los«, drängte Bertha, »gib Herrn Mardell die Hand«, aber das ging nicht mehr. Ich rannte hinaus, auf der Suche nach einem Fleckchen, wo ich mich ein wenig beruhigen konnte.

Am Anfang der Allee war jede Bank auf dem Mittelstreifen unter den Bäumen von Müttern mit plärrenden Kindern belagert. Ein Stückchen weiter fand ich schließlich eine Bank, auf der ein schmuddeliges altes Weibchen behaglich zusammengerollt lag und schlief. Es war gerade genug Platz, um, ohne an ihre zerlumpten Schuhe zu stoßen, neben ihr zu sitzen und zu weinen.

Verschlagen hatte Herr Mardell mich genannt, und das war ich: ein kompletter Dummkopf, das stimmte auch, aber warum war er so böse darüber, dass Lucie Gabriel heiraten wollte, von dem er meinte, dass er viel zu gut für sie wäre?

Mein fruchtloses Grübeln wurde von einer hellen Stimme unterbrochen. »Na so was, wenn das nicht Gittel ist! Was fehlt dir denn? Hast du dir wehgetan?«

Benommen sah ich zu einer hochgewachsenen, blonden Frau auf, die in jeder Hand eine schwere Tasche trug, gefüllt mit Obst und Gemüse. Porree, Petersilie und Kohl, Äpfel und Melonen hoben sich fröhlich vom Kornblumenblau ihres Baumwollkleids ab.

»Kennst du Odette Bommens nicht mehr?«

Sie war kaum wiederzuerkennen, so sehr hatte sie sich

verändert, so – viel schlanker und energischer – wirkte sie zehn Jahre jünger als damals, bei unserer letzten Begegnung.

Sie sah mich besorgt an: »Was ist denn passiert, und wie kommst du dazu, dich neben dieses alte Schmuddelweib zu setzen?« Das Seufzen zu Beginn jedes Satzes hatte sie sich abgewöhnt.

Über meinen Kummer wollte ich lieber nichts sagen.

»Das muss auch nicht sein«, meinte Madame Odette, sie konnte mich verstehen, aber jetzt, wo ich schon so in der Nähe war, musste ich doch kurz mitkommen, um Arnold Guten Tag zu sagen. Ihnen allen ging es ausgezeichnet. Robert und Lucien gefiel es auf ihrer Schule, und sie arbeitete sehr gern mit ihrem Bruder zusammen.

Nach der glühenden Sonne auf der Straße konnten meine brennenden Augen in dem samtigen Dämmer von Arnolds Lokal anfangs wenig unterscheiden. Nachdem ich mich daran gewöhnt hatte, bewunderte ich die alten Möbel, das blinkende Kupfer und den Schanktisch, der genauso üppig mit vergoldetem Blattwerk verziert war wie die prächtigste Drehorgel.

Odette sagte, dass mir ein Glas Bier guttun würde. Sie zapfte es gekonnt, mit einer schönen Schaumkrone, ohne einen Tropfen zu vergießen.

Danach bat sie mich, einen geschnitzten Mechelner Vitrinenschrank, den sie eingewachst hatte, blank zu reiben. Inzwischen könne sie Kaffee kochen.

Ich durfte mich an die schwierigste Ecke des Möbelstücks wagen, wo drei Herren in mittelalterlicher Tracht mit erhobenen Bechern den Vorüberkommenden zuprosteten. Zuerst mit einem dünnen Holzstäbchen das überschüssige Wachs aus allen Vertiefungen stochern, und anschließend wienern.

»Nichts hilft so gut gegen Frauenkummer wie Polieren oder Kupferputzen«, sagte Madame Odette. Sie hatte sich oft danach gesehnt, als die Baronin noch lebte, aber die hatte ihr streng verboten, dem Personal die Arbeit wegzunehmen. »Es war für Mama eine große Enttäuschung, dass ich bloß ein ganz normales Mädchen geblieben bin, während sie eine echte Frau von Welt war.«

Arnold Bommens wurde aus dem Weinkeller nach oben zitiert und umarmte mich mit der ihm eigenen warmen Herzlichkeit. Ich gönnte mir kaum Zeit, in Ruhe Odettes ausgezeichneten Kaffee auszutrinken. Zwei der Mechelner Herren strahlten schon in vollem Glanz, mit Becher und allem, und es ging mir gegen die Ehre, den dritten matt zu lassen. Als Arnold fragte, ob ich Lust auf Waffeln hätte, sagte seine Schwester, er sollte doch wissen, dass ich keine essen dürfe, wegen der Religion. Verschlagen wie ich nun mal war, schwindelte ich, dass Waffeln erlaubt seien. Nach einer Stunde brachte mich Madame Odette nach Hause, weigerte sich aber, mit hineinzugehen. Bei echten Damen ginge sie nicht mehr auf Besuch. Ich dankte ihr für den angenehmen Morgen, und sie sagte zum Abschied, dass ich ihr versprechen müsse, nie mehr um einen Mann zu weinen, denn keiner von ihnen sei es wert.

Meine Prüfungen waren noch nicht zu Ende. Zu Hause hörte ich schon auf der Treppe die laute, monotone Stimme des Mädchens, mit dem sich Charlie in ein paar Wochen verloben wollte. Wie alle neuen Tanten fühlte sie sich verpflichtet, besonders lieb zu ihren frischgewonnenen Neffen und Nichten zu sein. Deshalb begrüßte sie auch mich mit einem frohen Ausruf und einem nassen Schmatz. Wie Charlie auf sie verfallen konnte, war mir ein Rätsel. Seine künftige Frau war unelegant und langweilig. Von ihrer Stimme bekam ich außerdem immer stechende Kopfschmerzen. Seitdem habe ich gelernt, dass Männer, die Unmengen bezaubernder Frauen anderer Männer zu verführen wussten, meinen, in der Reizlosigkeit ihrer eigenen ehelich angetrauten Gattin eine Gewähr gegen die Hörner zu besitzen, die sie in ihren wilden Jahren so gern manch einem aufgesetzt hatten.

»Hast du bei den Mardells schön Klavier gespielt?«, schrillte die unangenehme Stimme meiner neuesten Tante, und ich überlegte gerade eine passende Antwort, als die Zimmertür aufgerissen wurde.

Ohne links oder rechts zu schauen, ohne jemanden zu begrüßen, kam Oma Hofer auf mich zu. Sie baute sich vor mir auf und zog sorgfältig ihre schwarzen Glacéhandschuhe aus. Sie legte sie auf den Tisch. »Du hast es gewusst«, sagte sie, »du falsche Schlange«, und ich bekam auf jede Wange eine Ohrfeige, von der ich Sternchen sah. Meine Großmutter, Rosalba und die neue Tante, die versteinert vor Schreck die Misshandlung beobachtet hatten, fingen an, gemeinsam heftig zu protestieren, aber Oma Hofer zog gelassen die Handschuhe wieder an.

»Hast du es verdient oder nicht?«, fragte sie.

Ich sagte, dass ich es verdient hätte, so dass sie unbehindert von den drei aufrichtig wütenden Frauen das Haus verlassen konnte.

»Was hast du denn um Himmels willen angestellt?«, fragte Großmutter.

Ohne ein Wort zu sagen, stürzte ich die Treppe hinauf ins Gästezimmer.

Mittags brachte Charlie die Nachricht von Lucies Flucht aus der Diamantenbörse mit. Ich bekam viel zu hören wegen meiner Hinterhältigkeit, aber keiner von ihnen erfuhr je, wie sehr ich in die Sache verstrickt gewesen war. Herr Mardell muss Salvinia und Bertha gnadenlos Stillschweigen auferlegt haben.

An Lucie schrieb ich einen kurzen Brief, in dem ich ihr in sachlichem Ton mitteilte, dass sie ihren Vater in ein paar Monaten besuchen könne.

Eine seiner Prophezeiungen erfüllte sich. Eine Antwort blieb aus.

XI

Rosalbas Tod war genauso still und geheimnisvoll wie ihr Leben. Fredie fand sie eines Morgens bewusstlos am Fuß der Treppe. Sie umklammerte das Tablett, mit dem sie Großmutters Frühstück nach oben gebracht hatte, so fest mit ihren schwieligen Arbeitshänden, dass es ihr nur schwer entwunden werden konnte. Sie lebte noch ein paar Tage, meist ohne Bewusstsein. Großmutter weigerte sich, sie in ein Krankenhaus bringen zu lassen, sie wollte auch nichts von einer Pflegerin hören. Siebenunddreißig Jahre lang sei Rosalba ihre treue Gesellin gewesen, sagte sie, nun dürften sie keine fremden Hände pflegen.

Sie meinte gut daran zu tun, den anglikanischen Pastor zu der Kranken rufen zu lassen, da diese, mit dem Ende vor Augen, vielleicht doch noch Trost in dem Glauben finden werde, dem sie sich zeitlebens verweigert hatte. Der greise Pastor hatte sich zu der Sterbenden gesetzt und Gebete gemurmelt, als sie plötzlich die Augen aufschlug und ihn neben ihrem Bett bemerkte.

Ihr Blick suchte den meiner Großmutter. »Was macht

der alte Goi hier?«, fragte sie. »Schick ihn weg, ich brauche ihn nicht.«

Es waren ihre letzten Worte.

Rosalba hatte sich immer bescheiden im Hintergrund gehalten, doch ohne sie war Großmutters Haus still und leer, als wir nach der Beerdigung zurückkamen. Der Pastor war auch da, an Rosalbas offenem Grab konnte er lange und bewegend sprechen, nachdem sie nicht mehr imstande war, gegen seine Anwesenheit zu protestieren. Nach ein paar Wochen tiefer Trauer fand Großmutter eine junge, muntere Brabanter Jüdin bereit und fähig, Rosalbas Aufgaben zu übernehmen. Ihre fröhliche Gegenwart brachte eine völlig andere Stimmung ins Haus. Alle Onkel, verheiratet oder nicht, verliebten sich auf der Stelle in sie, und es war vergnüglich zu beobachten, wie geschickt sie deren Annäherungsversuche mit einem Scherz abzuwehren wusste.

Großmutter erlebte ihre zweite Jugend. Sie schaffte sich einen Satz perlgrauer und lavendelfarbener Kleider an, die in keinster Weise an Königin Victoria erinnerten. Sie machte zahlreiche Reisen, und sie fiel dem Spielteufel in die Hände. In Ostende und Spa wurde sie ein gern gesehener Gast an den Spieltischen. Oma Hofer, die überall ihre Spione hatte, konnte bis auf den Franc genau die Höhe der Einsätze, die Großmutter verspielte, der beunruhigten Nachkommenschaft mitteilen.

Nach ein paar Monaten wurde in einem eilig einberufenen Familienrat die Möglichkeit erwogen, sie unter

Kuratel stellen zu lassen, aber nach vielem Hin-und-her-Gerede ging die Versammlung auseinander, ohne eine Entscheidung zu fällen.

Großmutter setzte ihrem kurzen Freiheitsrausch ein Ende, indem sie einen Schlaganfall bekam, der es ihr unmöglich machte, je wieder der zärtlichen Wachsamkeit ihrer Kinder zu entwischen.

Sie wirkte um Jahrzehnte gealtert, als ich sie zum letzten Mal sah.

Die kokette Perücke, mit der sie so viel Furore gemacht hatte, war ihr viel zu schwer geworden. Um ihr schief verzerrtes, kleines Gesicht, dessen linke Hälfte ganz starr geworden war, hingen ein paar weiße Haarsträhnen. Nur mit größter Mühe konnte sie ein paar meist unverständliche Wörter herausbringen.

Einmal, als ich allein an ihrem Bett saß, sagte sie mit einem Mal ziemlich klar: »Ich bin so froh, dass ich nächstes Frühjahr die Kastanien nicht mehr blühen sehe.«

Mühsam erzählte sie, wie sie ihr erstes Kind begraben hatte, irgendwo in einem fernen Land, wo es gewesen war, daran konnte sie sich nicht mehr erinnern, »aber es war so ein schönes Kindchen.« Sie weinte in der herzzerreißenden Art alter, kranker Menschen mit lauten, tränenlosen Schluchzern. »Und alle Kastanienbäume, an denen wir auf dem Heimweg vorbeikamen, so viele Kastanienbäume, voll mit weißen und roten Kerzen … Ich habe sie danach immer gehasst.«

Sie war meine Großmutter, und ich hatte das Gefühl,

neben einer Fremden zu sitzen. Mili sagte, dass jedes Menschengesicht eine verborgene Geschichte enthalte, aber nur weise Augen könnten sie lesen.

Wie einsam und bitter das Leben meiner Großmutter, trotz ihrer großen Familie, gewesen war, bewiesen nach ihrem Tod die letzten Zeilen ihres Testaments, von dem alle Frauen der Familie eine Abschrift bekamen.

»Meinen Töchtern und Enkeltöchtern möchte ich dringend Folgendes raten: Behaltet Personal nie länger als höchstens fünf Jahre bei euch.«

Auch Rosalbas geheime Geschichte hatte ich also völlig falsch gelesen.

Als ich das letzte Mal bei Großmutter zu Besuch war, hatte ich gesehen, dass das Haus der Mardells leer stand, über und über beklebt mit Maklerofferten.

Lucie war mit Gabriel in London geblieben, und ihr Vater wohnte zwischenzeitlich in einem Hotel in Brüssel, wo er auf sein Einwanderungsvisum für die Vereinigten Staaten wartete.

Gabriel sah sein geliebtes Antwerpen nicht wieder. Er starb ganz plötzlich ein paar Jahre darauf an einer Lungenkrankheit.

Nach dem üblichen Papierkram, den das Aufteilen eines Erbes mit sich bringt, erhielt meine Mutter ein halbes Jahr später ihren Anteil. Der Betrag übertraf all unsere Erwartungen. Nachdem sämtliche Schulden bezahlt waren, blieb genug übrig, um ein Haus zu kaufen, und dann noch eine Kleinigkeit, um es in ein geeignetes Geschäftsprojekt zu stecken. Mein Vater wäre am liebsten mit uns nach Mesopotamien gezogen, ins Land seiner Träume. Warum es ihn so dorthin zog, habe ich nie begriffen. Wahrscheinlich weckte der klangvolle Name Tausendundeine Nacht-Assoziationen bei ihm. Onkel Wally musste sich einschalten, um ihn von dem wilden Abenteuer abzubringen, und zum Dank wurden er, Tante Eva und Mili zum Essen eingeladen, um unseren wiedergewonnenen Wohlstand zu feiern. Beim Nachtisch stand Wally auf und klopfte an sein Glas. Er forderte uns auf, mit ihm auf einen Mann anzustoßen, der, obwohl er alle Tugenden in seiner Person vereinte, von seinen Mitmenschen und sogar von seiner nächsten Umgebung, die doch das Vorrecht hatte, täglich seine eminenten Fähigkeiten genießen zu dürfen, nicht seinem vollen Wert entsprechend geschätzt werde. »Ein vortrefflicher Ehemann, ein hingebungsvoller Vater, ein treuer Freund«, Onkel Wally musste kurz innehalten, um Luft zu holen, mein Vater lächelte geschmeichelt und schlug bescheiden die Augen nieder. »Ein Mann«, fuhr Wally mit erhobener Stimme fort, »der sich nicht von Missgeschicken niederschlagen lässt, der aber auch zur rechten Zeit zu feiern weiß. Ein Mann, um es kurz und bündig zu sagen, wie er in jedem Jahrhundert nur einmal geboren wird. Ich bitte euch, werte Tischgenossen, euer Glas auf die Gesundheit von unser aller Wally zu leeren!«

Nachdem wir uns ein bisschen von der Entrüstung erholt hatten, hielten wir abwechselnd eine Rede auf unsere eigenen Vortrefflichkeiten, bis auf Tante Eva, die nach »werte Tischgenossen« einen Lachkrampf bekam. Nach dem Essen bot sie, die Herzensgüte in Person, uns ihre Hilfe beim Einrichten des neuen Hauses an. Sie zog mich auf ihren Schoß und schlang die Arme um mich.

»In welchen Farben willst du dein Zimmer einrichten, Gittel?«

»Ach, blau oder so«, sagte ich gleichgültig. Meine Mutter klagte, in letzter Zeit sei ich so unwirsch, mit mir sei nicht auszukommen, aber Tante Eva hatte immer eine Entschuldigung parat.

»Du wirst schon sehen, wie gut es ihr gefallen wird, wenn wir erst einmal angefangen haben«, sagte sie begütigend, »ihr dürft nicht vergessen, dass sie im vergangenen Jahr viel durchgemacht hat. Sie ist natürlich noch traurig wegen ihrer Großmutter und Rosalba.«

Im vergangenen Jahr hatte ich viel mehr durchgemacht, als sie vermuten konnte, und ich wollte besonnen und wachsam sein wie die klugen Jungfrauen. Ich dachte nicht daran, um zwei Frauen zu trauern, die sich gehasst hatten. Rosalba war ein hinterhältiger Plagegeist gewesen, und der wahre Grund für Großmutters treue Wacht an ihrem Krankenbett, eine tief empfundene Freude am Todeskampf ihres Quälgeistes, war schauerlich. An die Mardells und an Gabriel wollte ich nicht mehr denken, und über die Verbesserung unserer finanziellen Lage wollte ich mich auch nicht freuen, denn bei dem bekannten geschäftlichen Geschick meines Vaters konnte das doch nur von kurzer Dauer sein. Ich würde höllisch gut aufpassen und auf nichts mehr hereinfallen und deshalb auch die »Appassionata« niemals gut spielen können, und in der Zwischenzeit saß ich noch immer auf Tante Evas Schoß und konnte sie nicht länger auf eine Antwort warten lassen.

»Du hast es erraten«, flüsterte ich ihr ins Ohr, »ich bin noch immer traurig wegen Großmutter und Rosalba«, und während ich das sagte, wusste ich dankbar, dass ich nicht gelogen hatte.

Scheveningen 1958

Glossar

Bandjuden – Hausierer mit Kurzwaren

Chuzpe – Dreistigkeit, Unverfrorenheit, Frechheit

Falderappes – ursprünglich Amsterdamer-jüdischer Begriff für Pöbel oder Lumpengesindel

Goi (Pl. Gojim) – jüdische Bezeichnung für Nichtjuden

Griner – jiddische Form von »Grüner«

Jeschiwa – höhere Talmudschule zur Ausbildung der Gelehrten und Rabbiner

Kippa – (jiddisch *Yarmulke, Kappl*) kleine, flache Kopfbedeckung der jüdischen Männer, die während religiöser Handlungen getragen wird

koscher – den jüdischen Speisegesetzen gemäß

Kugl – runder Brotpudding; traditionelles Gericht der aschkenasisch-jüdischen Küche, das von der Zubereitung einem Auflauf ähneln kann. Er kann süß und herzhaft sein.

lehawdil – (hebräisch) um einen Unterschied zu machen; sich des Unterschieds bewusst sein

meschugge – nicht bei Verstand, verrückt

Rebbe, Rabbi (Pl. Rabbanim; jiddisch Rabbonim) – Rabbiner, Rabbi, Anrede verehrter Lehrer, Gelehrter

Rebbetzin – Frau des Rabbiners

Schabbes – (jiddisch *schabes*) Sabbat

Schammes – Synagogendiener

Scheitel – Perücke, obligatorische Kopfbedeckung der frommen verheirateten Jüdin, wenn sie kein »Tichel« trägt

Schlemihl – (jiddisch *schlemiel*) bezeichnet in der ostjüdischen Kultur den sprichwörtlichen Pechvogel oder einen Narren; jemand, dem [durch eigene Dummheit] alles misslingt

Schul (jidd.), **Synagoge** – die häufigste Bezeichnung für den jüdischen Sakralbau